이순신 밤에 쓴 일기
난중야록
❷

이순신 밤에 쓴 일기
난중야록 ❷

초판 인쇄	2025년 6월 12일
초판 발행	2025년 6월 17일

편저자	조강태
펴낸이	김상철
발행처	스타북스
등록번호	제300-2006-00104호
주소	서울시 종로구 종로 19 르메이에르종로타운 A동 907호
전화	02) 735-1312
팩스	02) 735-5501
이메일	starbooks22@naver.com

ISBN	979-11-5795-778-1 04810
	979-11-5795-768-2 (세트)

ⓒ 2025 Starbooks Inc.
Printed in Seoul, Korea

이 책은 저작권법에 의해 보호를 받는 저작물이므로 무단전재와 무단복제를 금합니다.
잘못 만들어진 책은 구입하신 서점에서 교환하여 드립니다.

이순신 탄생 480주년 만에 공개되는 7년 전쟁의 비록

이순신 밤에 쓴 일기
난중야록 ②

이순신 15대 외손 **조강태** 편저

스타북스

이바지글

    난중야록이 난중일기와 차별되는 것은 기록 자체가 다르다는 것이다. 그러므로 이걸영(임단)이 주인공처럼 보일 수밖에 없다.
    이 글의 주인공이 이순신이면, 내용이 난중일기와 겹칠 수밖에 없으므로 이글은 또 하나의 난중일기가 되는 것이다.
    이순신에 대해 궁금한 점은 이순신이 주인공인 난중일기에서 찾아야 한다.
    많은 이들이 앞글을 읽고 임단의 개연성에 궁금해했다.
    임단은 실존 인물이다!
    그러나 난중야록이 아닌 어느 문헌이나 기록에 그 이름은 없다.
    조선시대 기록에 남아있는 여성의 이름은 장옥정, 정난정등 패악질하고 자살하거나 죽임을 당한 이들이 대부분이다. 신사임당이나 허난설헌은 자나 호며 이름이 아니다.
    임단은 이순신을 도왔다. 거의 모두가 옳고 바르다. 그러나 그녀의 신분은 관비이다. 조선은 관비의 기록을 남길 만큼 너그러운 나라가 아니다. 그러기에 난중야록에 새긴 그녀의 활약이 더욱 빛나는 것이다.

삼국지의 주인공은 유비다. 그러나 주인공처럼 보이는 것은 제갈공명이다. 재갈공명이 등장하기 전까지는 삼국지가 별재미가 없다. 제갈공명이 활약하며 유비에게는 패배가 없다.

난중야록에 주인공은 이순신이다 그러나 주인공처럼 보이는 것은 임단이다. 임단이 등장하기 전까지는 난중야록도 별재미가 없다. 임단이 활약하며 이순신에게도 패배가 없다.

제갈공명은 백성에게 추앙을 받았고 공정했으며 천기까지도 다스렸다. 그가 지휘한 모든 전쟁에서 승리했다.

그러나 그것은 촉한의 측면에서 볼 때의 얘기다. 제갈공명이 촉한의 세를 넓히기 위해 싸웠던 상대편 측면에서 볼 때 제갈공명은 자신들의 생명을 앗아가는 살인귀였을 뿐이다.

임진왜란을 일으키고 죄 없는 백성들을 죽이고 귀와 코를 잘라간 전쟁 초기 왜국의 제갈공명 같은 명장! 그들은 왜국 측에서나 제갈공명 같은 명장이지 당시 조선 백성들에게 그들은 살인귀였을 뿐이다.

임단은 다르다. 왜적의 침략에서 나라를 살리기 위한 몸부림이었고 나라를 살리기 위해 왜적과 싸웠다.

이제 여러분은 지금부터 임단의 불세출의 활약을 보게 될 것이다. 그리고 제갈공명보다 뛰어난 여인을 만나게 될 것이다.

끝으로 이순신의 '장군' 지칭은 옳지 않다. 이순신은 지금으로 말하면 별 넷 '대장'인데, 별 하나 '준장'도 같은 장군이기 때문이다.

나중에 정승반열(삼부요인)에 오른다. 충무공 또는 이순신으로 지칭되기를 간절히 바란다.

2025년 5월 어느 날

조강태

차례

이바지 글		005
무명초	임진년 7월 21일부터 7월 27일까지	011
조름나물	임진년 7월 28일부터 8월 20일까지	035
화조풍월	임진년 8월 21일부터 9월 9일까지	097
도토리나무	임진년 9월 11일부터 9월 24일까지	139
솔뚜껑	첫째 날(9월 16일)부터 일곱째 날(9월 22일)까지	163
오목	여덟째 날(9월 23일)부터 열사흘째 날(9월 28일)까지	185
물개비	열나흘째 날(9월 29일) 스무이틀째 날(10월 15일)	197
은자	임진년 10월 16일부터 12월 5일까지	243
고슴도치	임진년 12월 6일부터 12월 13일까지	271
두 번째 감수의 글(안철주)		286

하나

무명초

임진년 7월 21일부터
7월 27일까지

임진년
7월 21일

닭 우는 소리에 잠을 깼다. 닭은 잠도 없는지 아직 어둠도 채 가시지 않았는데 날이 밝는다는 것을 미리 알려 내 게으름을 걷어간다.

이제 더위도 어느 정도 물러가 새벽으로는 공기가 차다. 이부자리를 두 번 접어 윗목으로 밀어놓고 대청으로 나가니 부엌 쪽 굴뚝에서 아직 날이 채 밝지 않아 파란색으로 보이는 연기가 피어오르고 있다.

나는 닭 울음소리에 눈을 떴는데 저네들은 얼마나 일찍 일어나기에 쌀을 씻어 밥을 하고 국도 끓인단 말인가. 나의 피가 되고 살이 만들어지기까지의 수고는 보답도 없는데 투정조차 사치인 저들의 신분은 어느 누가 만들었는지 그는 필시 나쁜 사람이다.

"세숫물을 준비할까요?"

단이 부엌에서 음식을 준비하다 날 보고 다가왔다.

"아닐세, 걸을 겸 우물로 가겠네."

"수건을 준비하겠습니다."

"수건도 내가 챙기지."

단의 새벽 수고에 나를 업힐 수가 없다.

"장기에 지셔서 삐치셨습니까?"

단이 다가와 귀엣말을 했다.

"예끼 무슨 그런 가당찮은 말을…."

"조반상을 준비하겠습니다."

단이 느닷없이 던지는 말은 이 새벽 공기보다 더 신선하다. 언제부턴가 나는 단의 입 모양을 주시한다. 이 사람이 또 어떤 말을 해서 날 놀래주고 긴장시킬지가 기다려진다. 첩妾이 아닌 첩妾, 내 사람이 아닌 내사람, 이 전쟁이 아니었다면 이토록 뛰어난 여인을 만날 수가 있었을까? 이 전쟁에 감사해야 하는 걸까? 빌어먹을…."

임진년
7월 22일

나라에 제사가 있어 공무를 보지 않았다. 이불장에서 장기판을 꺼내 양상 장기를 더듬어보았다. 새롭긴 해도 다시 둔다면 쉽게 지지는 않을 것 같았다.

"양상 장기 복기라도 하시어요?"

그때 단이 방으로 들어왔다.

"마침 잘 왔네, 다시 한판…. 그 손에 든 건 뭔가?"

단이는 손에 작은 보퉁이를 들고 있다.

"장기는 나중에 두시고요. 오늘은 서방님 얼굴을 좀 그리겠습니다."

보자기를 펴자 여러 자루의 붓 그리고 물감을 담은 종지 등이 있다.

"이걸로 내 얼굴을 그리겠다고?"

그중 몇 개는 붓털이 닳아 쓸 수가 없는 붓이다. 그중 한 개를 들고 말했다.

"보고만 있으셔요, 어떻게 그리는지."

단이 장에서 반짇고리와 그림 그릴 배접지를 꺼내왔다.

"아니 뭐 하는 건가?"

반짇고리에서 칼을 꺼낸 단은 내가 들었던 붓을 빼앗아 손잡이 부분 끝을 대각선으로 자른 뒤 다시 옆을 깍아 뾰쪽하게 만들었다.

"그림 그릴 각필입니다."

말을 하며 단이 뾰쪽한 부분을 칼끝으로 눌러 가르니 손가락 한 마디 만큼 틈이 생겼다.

"그걸로 그림을 그린다고?"

"그림을 빨리 보고 싶으시면 먹이라도 좀 가셔요."

"하! 이거야말로 주객전도主客顚倒구먼."

나는 짐짓 투덜대며 윗목에 밀어둔 벼루를 끌어왔다.

"내 얼굴을 그린다고 하지 않았나?"

단이 내 얼굴은 보지도 않고 배접지(두 겹으로 겹쳐진 값이 싼 종이)를 펼치고 붓으로 살구색 물감을 풀었다.

"얼굴을 그릴 때는 바탕 색깔이 가장 중요하죠. 연한 색깔부터 칠하고 진한 색깔을 덧칠해야 합니다."

"먹으로 얼굴선을 긋고 색깔은 나중에 넣는 것 아닌가?"

"값이 싼 배접지에 그렇게 그리면 색깔을 칠할 때 먹이 번져 그림을 망치게 됩니다."

난 문득 원균의 휘호가 빗물에 번짐을 상기했다.

"진짜 그림도 그릴 줄 아는가?"

"다, 어미(질임) 덕입니다."

질임이 전라좌수영으로 오기 전 관비로 있던 도화서 종5품 서반체아직西班遞兒職이 천재 화가畫家 이정李楨의 작은아버지였다.

이정이 인물화를 얼마나 잘 그렸는지 아주 어렸을 때 돌아가신 부모님 얼굴을 벽에 그려놓고 그리움에 사무쳐 아침저녁으로 보면서 울었다.

이정은 주로 사람 얼굴을 그렸는데 다섯 살 때부터는 부처와 스님을 그렸다. 열세 살 때 금강산 사대 명찰 중 한 곳인 장안사에서 기거하며 벽화와 천왕을 그려 세상 사람들은 그를 일러 천재 화가라 칭했다.

이정은 절에서는 술과 고기를 먹을 수가 없어 주로 종5품 서반체아직西班遞兒職인 작은아버지 관사官事에서 지냈는데 사람들이 이정의 그림을 받기 위해 관사 앞에 장사진을 쳤다.

열 살 단은 질임의 지시로 열다섯 살 화가 이정의 그림 그리는 심부름을 했다. 선지宣紙(산수화를 그리는 종이의 한 종류)를 준비하고 물감을 섞는 법을 보고 알게 되었다.

밤이면 질임은 단에게 낮에 보았던 이정의 그림을 복사하게 했는데 산수화보다는 (이정은 인물이 들어간 산수화를 주로 그렸다.) 어렸을 때의 이정처럼 인물 중심의 그림을 그리게 했다.

"사람 그리는 것이 후일 살아갈 때 도움이 된다."

질임은 얼굴을 아무리 잘 그려도 느낌이 다르면 안 된다고 가르쳤다.

당시엔 일반적으로 여자가 그림 그리는 것을 금했다. 하물며 단은 관비의 신분이다.

"호! 그래서 내가 써준 휘호도 그리 정교하게 복사가 되었던 것이로군."

내가 써준 글씨가 크게 복사된 것에 크게 감탄했었는데 그것은 글이라기보다 그림이었다.

"서방님 물감이 마를 동안 각필로 여기다가 무엇이든 그려 보셔요."

밑그림을 마친 단이 붓 대롱을 깎아 만든 각필과 서기를 할 때 쓰는 종이 한 장을 내게 건넸다.

"무엇이든?! 뭐를, 왜?…"

"그림이든, 글씨든, 설사 낙서를 하셔도 그것을 훼손하지 않고 다 그림으로 그려볼게요."

"호! 그래?"

난 속으로 오기 비슷한 것이 발동했다. 그래서 단이 도저히 그릴 수 없는 낙서를 하기로 마음먹었다. 옅은 물감은 고치기가 쉬움으로 먹물을 택했다.

"이… 이것이 무엇이어요?"

단이 내가 한 먹물 낙서를 보고 어이없어했다.

그도 그럴 것이 난 각필에 먹을 찍어 종이 한가운데를 동그라미를 그리듯 십여 번을 돌려 크게 낙서했고, 마지막에는 거기에 벌린 가위 모양의 대각선으로 두 줄까지 그었다.

"낙서든, 그림이든, 하라며… 왜, 이 낙서를 살려 그릴 자신이 없는가?"

단이 내가 한 낙서를 잠시 내려다보았다.

"이럴 줄 알았으면 낙서하기 전에 내기할 걸 그랬지."

"지금도 늦지 않았습니다. 내기할까요?"

숙였던 고개를 들며 예쁘게 웃는 단이 얼굴이 자신에 차 있다.

"진짜?"

"네!"

난 다시 확인했다. 그러나 도저히 그림으로 만들 수 있는 낙서가 아니다.

"좋아! 무슨 내기를 할까?"

"서로 소원 하나씩 들어주기요."

순간, 난 고개를 갸우뚱했지만 이 낙서를 그림으로 만든다면 소원 열 개도 들어줄 수 있다고 생각했다.

"좋아!"

내 대답을 확인하고 단이 밖으로 나갔다.

무명초 임진년 7월 22일

"이, 이건 뭔가?"

"풀입니다."

"나간 지 얼마나 되었다고 풀을 쒀 온단 말인가?"

"쑤긴요. 식은밥을 절구에 넣고 찧으며 물을 섞었을 뿐입니다."

"그렇게 풀을 만드는 방법도 있나?…"

단은 야록을 쓸 때 쓰는 종이 한 장을 꺼내 긴 쪽으로 네 번 접어 생긴 줄을 따라 가위로 잘랐다. 그리고 자른 종이에 풀을 발라 내가 한 낙서가 보이게 종이를 붙였다. 위아래 두 장씩을 덧붙이니 여섯 장 크기의 종이가 됐다. 자연스럽게 풀 종이를 덧댄 쪽은 낙서의 뒷면이 되었다.

"이건 불규정不規定 아닌가?"

"우린 아무 규정도 정하지 않았습니다."

"딴은……"

종이가 여섯 장 크기로 늘어났을 뿐 내가 휘갈긴 낙서를 그림으로 만들 순 없다.

"다 말랐네요."

단이 내 얼굴을 그리겠다고 한 배접지에 밑그림 물감이 마른 것을 확인하고 조금 더 진한 물감을 덧칠했다.

"뭐야? 동시에 두 가지 그림을 그리겠다는 건가?"

"그럼 한 쪽이 마를 때까지 오도카니 기다립니까?"

단이 다시 내가 낙서한 종이로 옮겨와 종이가 잘 붙었는지 확인하고 각필로 그림을 그리기 시작했다.

처음은 왼쪽에서 오른쪽으로 그어진 대각선에 손을 댔다.

난 내가 한 낙서가 진짜 그림이 될까? 호기심 반 두려움 반으로 단의 손을 주시했다. 두려움은 그림이 완성됐을 때 단이 내게 요구할 소원이었다.

내가 아무 의미 없이 그었던 줄은 단이 각필에 먹을 찍어 뭔가를 그리자 서서히 그림의 형태를 갖추기 시작했다.

"뭘 그린 것인가?"

각필로 그린 먹물이 마르길 기다리며 단이 내 얼굴을 그리는 배접지 쪽으로 다시 옮기므로 물었다.

"유심히 보시면 이녁에게 있는 것입니다."

"예끼! 저 작대기 그림이 이녁 어디에 있겠는가?"

단이 어여삐 웃으며 다시 내 얼굴 그림 머리 부분을 먹으로 덧칠했다. 그리고 먹물이 마르길 기다려 다시 내가 한 낙서 왼쪽에서 오른쪽으로 그어진 대각선에 맞춰 그림을 만들어갔다.

"서방님 묵지에 먹물이 바닥났습니다."

"또, 내가 먹을 갈아?…"

"그럼 그림을 그리는 이녁이 갑니까?"

무명초 임진년 7월 22일

"모처럼 쉴까 했더니, 차라리 동헌에 나가 공무를 보는 것이 낫지…"

"그 정도면 엄살이 거북선급입니다."

"거북선급?"

"누구도 범접할 수 없는 무적이요."

"예끼! 무슨. 그런, 비유해도…"

단이 어여삐 웃는다. 그녀의 상상력이야 말로 거북선급이다.

"이게 내 얼굴인가?"

"안 닮으셨나요?"

"전혀!"

나는 거울을 들고 얼굴과 그림을 같이 비춰봤지만 나 같지가 않았다. 그리고 훨씬 못생겼다. (지금으로 말하면 캐리커쳐)

"그림은 느낌입니다. 다섯 살 때 부모 얼굴을 그린 그 천재 화가 이정이 과연 부모님 얼굴을 똑같이 그렸을까요? 이녁은 얼굴이 아닌 느낌을 그렸을 거로 생각합니다. 그 그림을 다른 사람에게 보여주시면 아실 거예요. 서방님과 똑같은 느낌이라는걸."

"그럴까?…"

신기하게도 단이 각필로 먹을 찍어 종이로 옮길 때마다 그림의 형태가 만들어졌다. 가위 대각선은 그냥 봐도 알 수 있는 대나무 젓가락이 됐다. 그리고 내가 낙서한 동글뱅이는 쪽 머리가 됐다.

"아!…"

난 단말마가 절로 났다. 단이 조금 전 풀을 만들어 가지고 들어오면서 쪽 머리를 풀어 다시 짓고 비녀 대신 대나무 젓가락을 그림과 같이 양쪽에 꽂고 들어온 것이다.

"아니 언제 쪽 머리를 풀고 다시 지은 건가?"

"이녁이 언제 없는 말 하던가요."

조금 전 단은 '유심히 보시면 이녁에게 있는 것입니다.' 라고 말했다. 생각 없이 흘린 것은 나였다.

그림이 완성되었다. 하늘색 저고리에 감색 치마를 입은 여인이 바다에 떠 있는 거북선의 앞모습을 바라보고 있는 여인의 뒷모습이었다.

그림이 얼마나 정교한지 마치 거북선이 종이를 뚫고 튀어나온 것만 같았다.

임진년
7월 23일

공무를 끝낸 나는 급히 내 방으로 들어와 단이 그린 그림을 이불장에서 꺼내 펼쳤다. 아무리 봐도 내 얼굴 그림은 나 같지가 않았는데 거북선을 바라보고 있는 여인은 그냥 봐도 단의 뒷모습이다.

내가 한 낙서를 조금도 건드리지 않으면서 먹물을 물과 섞어 명암을 주고 살려낸 낙서가 머리카락으로 변한 그 정교함은 그림 그리는 것을 옆에서 직접 봤으면서도 단이 그렸다는 것이 믿기지 않을 만큼 잘 그렸다.

또한, 거북선은 그림 그 자체에서 승리의 기운까지 느껴지니 놀라울 따름이다.

그런데 여인의 그림을 유심히 보니 젓가락으로 쪽을 진 무명초(머리칼이 시작되는 부분) 밑에 점이 있다. 보일까말까 하듯 머리칼 안에 숨겨있는데 이는 복점이다.

내게는 첩이 둘이 있는데 첫째는 정식으로 예를 올리고 들인 사람이고 둘째는 집안에 종으로 팔려왔다가 첩이 된 사람이다.

 이 둘째 첩 왼쪽 눈썹 위 이마에 서리태(검은콩) 같은 사마귀 점이 있고 입꼬리에도 좁쌀만 한 검은점이 있었다. 그것 말고는 아주 고왔다. 내가 그녀에게 관심을 가지자 어머니가 그녀 이마에 있는 사마귀와 입가에 있는 점을 제거한 뒤 내게 첩으로 주셨다.

"어머니, 둘째(첩) 사마귀와 점은 왜 없애신 것인지요?"
"이마의 점은 큰일을 할 부군夫君의 운을 막는 흉점이고 입꼬리의 점은 굶어 죽는 병에 걸리거나 요절하는 액운의 점이므로 제거한 것일세."
"아! 얼굴의 점이 그런 뜻도 내포되어 있군요. 그럼 흉 점이 있으면 복점도 있는 것인가요?"
"얼굴이든 어디든 선명하고 눈에 잘 띄는 점은 모두 흉한 점일세. 그러나 자세히 봐야 보이고 있는 듯 없는 듯 확인이 잘 안 되는 점은 복점이지. 얼굴에 점이 많은 사람은 그 수만큼 몸에도 점이 있는데 결국에 얼굴의 흉을 몸에 있는 복점이 상쇄시키는걸세."
"보이는 곳에는 점이 많은데 몸에 점이 없으면 어찌 되는지요?"
"상쇄가 안 되니 요절을 하거나, 여자는 남자 때문에 속앓

이하게 되지."

단이 보일 듯 묻혀있는 점을 굳이 그린 것은 마늘 점의 자세한 내막을 내게 알린 것처럼 자신에게 있는 복점을 내게 알리려는 의도가 내포되었음이 틀림없다.

한데 어제 분명 소원 하나씩 들어주기로 내기를 하였는데 내기에서 이긴 단이 지금껏 소원에 대한 일언반구一言半句도 없으니 점점 불안해진다.

임진년
7월 24일

점심으로 나박치(나박김치) 국물에 말은 국수를 먹고 있는데 경상우수영에서 허정이 왔다. 이 시간에 전라좌수영에 도착했다는 것은 상당히 이른 시간에 경상우수영을 떠났다는 뜻이다.

"아니 이 시간에 어찌한 일인가? 왜적에게 무슨 변화라도 있는가?"

"아직 연락을 못 받으신 건가요?"

"뭘? 우선 점심 전일 테니 같이 들게나."

점례에게 나박치 국수를 한 그릇 더 내오라고 했다.

"세자(광해군)저하께서 지난번 수군 승리를 격려할 겸 이쪽으로 오신다는 전갈(傳喝)입니다."

"세자께서?"

"네, 빠르면 내일쯤 전라도에 도착한다는 전갈이었습니다."

"한양가는 길목에는 왜군이 진을 치고 있는 것 아닌가?"

"지난번 우리에게 패하고 달아 난 와키자카 야스하루가 용인에 주둔하고 있던 왜장인데 모든 군대를 견내량으로 끌고 와 대패하는 바람에 세자저하께서 용인성을 탈환해 육로가 트였다 합니다."

"그래도 위험하시지 않을까? 왜군을 그들이 다가 아닐 텐데."

말은 그렇게 했지만 사실 세자를 걱정하기보다는 나 자신을 걱정한 것이다.

세자(광해군)는 임금(선조)이 몽진하여 서둘러 세자에 책봉됐다.

분조分朝(조정을 둘로 나눔)해 세자에게 왜군을 막게 하고 여차하면 임금은 명으로 달아날 준비를 했다.

어린 광해(18세)는 생각 밖으로 분조分朝를 잘 이끌었다. 민심을 수습하고 의병을 모았다. 이렇듯 조정이 건재함을 보이자 백성들은 세자를 중심으로 결집하였다.

반면 장남인 임해군은 주색잡기를 좋아하고 성질이 급하고 포악해 전시임에도 이를 자각지 못하고 있다가 왜군의 포로가 되었다.

그런데 세자가 한산도 싸움에서의 승리를 격려하러 온다는 것이다. 어찌 보면 그것은 당연하지만 내 처지로는 내심 내키지 않는다.

시국이 급박해 임금(선조)이 서둘러 세자를 책봉하고 분조를 시행했지만 실상 전쟁이 소강상태에 들어가고 정세가 안정되면 분조分朝 즉 또 하나의 임금을 받든 우리는 안전할 수가 없다.

허정이 나와 전라우수사 이억기까지 같이 가 세자를 영접해야 한다고 했지만 난 즉답을 피했다. 원균이 세자 행차를 내게 알리지도 않으려는 것을 허정이 그동안 나와 같이 출정했던 인연으로 알리러 온 것이다.

나는 차라리 원균이 내게 알리지 말라고 한 것을 그대로 이행履行한 것이 더 나았을 거라는 생각을 했다.

임진년
7월 25일

전라우수사 이억기가 왔다.

세자가 온다는 소식 때문에 나와 같이 이동하기 위해 온 것이다.

눈치 빠른 원균은 일찍이 세자를 영접하기 위해 경상우수영에서 먼저 떠났다고 했다.

나는 어떡하든 가지 않으려는 구실을 만들어야 했는데, 그놈의 구실이라는 것을 만들 도리가 없다.

어차피 세자는 육지의 왜군을 피해서 오는 만큼 전라도 쪽으로 오기 때문에 원균이 아무리 경상우수영에서 일찍 서둘렀다고 해도 세자를 영접하는 시점은 지금 출발하는 우리와 거의 엇비슷할 것이다.

나는 하는 수 없이 군관 몇 명과 함께 세자 마중 갈 채비를 했다.

말에 오르자 부엌에 있던 단이 말에 오르는 내게 다가왔다.

그리고는 내게 뭔가 말을 하려는 듯해서 단이 쪽으로 약간 고개를 숙였다.

"이히히힝!"

그때 말이 크게 울며 요동쳤다. 말의 요동으로 난 단을 덮치듯 말 위에서 떨어졌다.

말은 도망가고 난 단이 위로 엎어지듯 꼬꾸라졌으나 단이 밑에서 받치고 있던 덕에 다친 곳이 없었다. 내가 서둘러 몸을 일으키려 하자 단이 날 잡으며 말했다.

"다친 척 크게 소리를 질러 엄살을 부리셔요!"

"뭣!?"

"그럼 진짜 세자저하를 만나러 가시렵니까?"

"좌수사님 괜찮으십니까."

군관들이 내게 달려왔다.

"아악! 으으윽! 꼼짝할 수가 없다…"

단이 시킨 대로 최대한 엄살을 부렸다.

임진년
7월 26일

"이녁은 내가 세자저하를 만나지 않으려는 것을 어찌 알았나?"

"그걸 꼭 말로 해야 압니까?"

"이녁 말은 항시 수수께끼 같아."

"세자께서는 대리임금 역할을 잘하고 계십니다. 그 얘기는 도망간 임금님 귀에도 속속히 들어갑니다. 자신은 도망갔는데 대리임금인 세자는 잘 대처하여 정세도 안정되고 있습니다. 그런데 세자는 거기서 그치지 않고 해전에서 연승하고 있는 수군과도 규합하려 하고 있습니다. 만일 세자가 수군과 작당을 해 자신을 몰아내면 지금의 상황으로 볼 때 백성은 누구 편이겠습니까?"

"제발 그만 좀 하게 누가 듣겠어."

"이 밤중에 이 소리 듣는 건 쥐새끼밖에 없습니다."

"이억기나 원균은 그걸 모른단 말인가?"

"전라우수사는 나이로 보아 그걸 아는 경륜을 쌓지 못했고 원수사는 눈에 보이는 이익은 일단 추구하고 보는 사람 아닌가요?"

"이 사람아! 이억기 우수사는 이녁보다 거의 스무 살은 더 나이가 많은데 경륜이라니…"

"나이가 많다고 세상 이치를 다 알면 왜적이 한양까지 치고 올라가지도 못했습니다."

"갑작스러운 말의 요동도 이녁 짓이지?"

"표도 안 나면서 가장 민감한 말의 앞발 맨 위쪽 겨드랑이를 송곳으로 찔렀습니다."

"미쳤는가! 그러다 다치면 어쩌려고?"

"안 다치려고 뒷 발이 아닌 앞 발 겨드랑이를 찌른 겁니다."

설명하는 단의 말이 경이롭다 못해 신비하다.

임진년
7월 27일

세자를 만나고 이억기가 돌아왔다.

내가 낙마로 오지 못하였다고 세자께 아뢰니 세자가 크게 걱정하고 낙마에 다쳐 좋다는 한약재와 친필 안부 서찰을 보냈다.

나는 세자를 속인 게 너무나 황망遑忙하여 무릎을 꿇고 두 손으로 서찰을 받은 뒤 세자가 있는 쪽을 향해 크게 절하였다.

둘

조름나물

임진년 7월 28일부터
8월 20일까지

임진년
7월 28일

 세자를 영접하고 신이 난 원균은 또 잔치를 하고 있다는 풍문이다.
 왜적이 다시 규합하고 부산포로 모여들고 있다고 하는데 연일 잔치를 하면 왜적의 침입을 어찌 막으려는 것인지 한심하기 그지없다.
 난 척후부장 이억태를 동헌으로 불렀다. 그 소리를 듣고 단이 말했다.
 "혹여 척후부장에게 왜군의 동태를 파악하라고 하시려는 건가요?"
 "경상우수영에서 또 잔치를 하고 있다지 않는가."
 "그러지 마시어요."
 "이럴 때 규합한 왜적이 침입이라도 하면 경상우수영은 몰살이야!"
 "그걸 바라고 경상우수영이 잔치를 하는겁니다."
 "건 또 무슨 소린가?"

"원수사는 노는 것에 일가견이 있습니다. 거의 서방님 수준이지요."

"이 사람아! 내가, 무슨, 노는 것을…."

"이녁이 말하는 것은 전쟁놀이입니다."

"전쟁이 놀이라고?"

"바람을 알고, 물을 알고, 적을 알고, 나를 알고, 지지 않는 것. 그것이야말로 화조풍월花鳥風月 놀이입니다."

"그래도 전쟁을 화조풍월이라고 표현하는 건…."

"이녁은 서방님 얼굴에서 느꼈습니다. 전쟁에서의 풍류風流를…."

"그래서 뭘 어쩌자는 것인가?…."

"척후부장이든 척후병이든 탐색선을 일체 경상우수영 쪽으로 보내지 마셔요."

"그렇지만 왜군이 경상우수영 지척에 있는데……."

"그래서 원수사가 잔치를 벌인 겁니다."

"좀 알아들을 수 있게 말을 하게."

"원수사는 노는 것에 있어 거의 천재적입니다. 전쟁에서 서방님이 왜적을 대하는 것과 필적할 만큼…."

"그건 너무 과한 비교 아닌가?"

"원수사는 자신이 잔치를 벌이면 서방님이 잔치에 관여해 전라좌수영에서 탐색선을 보낼 것을 예견하고 있습니다."

"그래?"

"우리 탐색선이 경상우수영 동태를 살피면 잔치는 계속됩니다. 불안한 서방님이 출정을 할 것이라고 확신한 겁니다."

"당연한 것 아닌가? 경상우수영 바다도 다 조선의 바다인걸…"

"서방님 출정이 확인되면 경상우수영의 잔치는 부지하세월不知何歲月이 됩니다."

"어찌하라는 것인가?"

"당연히 출정하지 않으셔야죠. 탐색선조차 띄워선 안 됩니다."

"그러다 경상우수영이 왜적 공격을 받으면 괴멸이야!"

"그걸 왜 서방님이 걱정하셔요."

"원균이나 나나 다 조선 수군을 거느리는 벼슬아치야!"

"척후부장 이억태입니다."

이억태가 알림 했다.

"절대 안 됩니다."

말하는 단의 눈매가 매서웠다.

내가 동헌 대청으로 나가니 이억태가 말했다.

"경상우수영으로 탐색선을 띄울까요?"

이억태는 이미 내가 자신을 부른 이유를 충분히 알았다.

"아니 전라우수영으로 가 그쪽 동태를 살펴보게."

"경상우수영이 아니고 전라우수영입니까?"

난 이억기가 원균의 잔치에 대해 어떻게 대치하는지 궁금했다.

"시키는 대로 해!"

"네, 알겠습니다."

이억태는 이해가 가지 않는다는 얼굴을 하고 동헌 밖으로 나갔다.

임진년
7월 29일

 조반으로 생선이 올라왔다. 그런데 일부분인데도 그 크기가 상당하다. 먹어보지도 못한 생선인데 들기름에 튀겼는지 아주 기특한 맛이다.
 "이 생선은 처음 먹어보는데 살이 고등어나 청어 같은 느낌이 아니고 약간 육고기 맛이 나는군."
 "생긴 것은 큰 청어 같은데 몸채가 워낙 커(참치로 생각됨) 그런지 육고기 맛이 납니다."
 "이녁도 벌써 맛을 본 것인가?"
 "그럼 서방님 상에 올릴 생선인데 독은 없는지 무슨 맛인지 확인도 않고 그냥 올립니까."
 "예끼! 그러다 독이라도 있으면 어쩌려고 다신 그러지 말게."
 "호호호! 바다에서 나는 생선은 복어 외에는 일체 독이 없습니다."
 웃으며 말을 하고 단이 젓가락으로 생선을 찢었다. 한입에 먹기 좋은 크기다.

"아주 날 놀려먹는데 재미가 들렸어!"

말은 그렇게 했지만 유쾌했다.

"이리 큰 생선도 그물에 걸리는가?"

"파논 웅덩이에 있었는데 오륙 세 아이만 한 놈이 이녁이 갔을 때는 이미 죽어있었습니다."

"연안에서 활동하는 물고기는 아닌 것 같군."

"이녁도 처음 보는 물고기입니다."

"빨리 청어를 잡는 철이 와야 잡아 팔아 우리에게 큰 도움을 줄 것인데…."

"아십니까?"

"뭘 말인가?"

"서방님이 청어를 몰고 오신 거요."

"내가 청어를 몰고 와?"

"청어는 무리를 지어 바다를 돌아다니는 물고기입니다."

"그래?"

"주로 삼월 전후로 산란을 하는데 그때 무리를 지어 연안으로 모여들지요."

"작년과 올봄에 엄청나게 잡았지 바닷물에 반이 청어였어. 그런데 이놈들이 얼마나 성질이 급한지 잡아 올리면 바로 죽었지."

"그래서 잡으면 바로 배를 갈라 내장을 제거하고 말리죠."

"그 말린 청어는 꼬들꼬들한 것이 맛이 일품이지."

나는 절로 입맛이 다셔졌다.

"내장은 말리면 닭 모이와 돼지 사료로도 좋은데 평소에는 돼지가 워낙 많이 먹어 사육이 어렵지만, 청어 철에는 돼지를 충분히 키워 팔면 꽤 큰 수익이 됩니다."

"내가 청어를 몰고 왔다는 것은 무슨 말인가?"

"서방님이 부임하시기 전에는 이곳에서 청어가 잡히지 않았습니다."

"내가 작년에 청어를 엄청 잡았다고 하잖았나."

"그게 첫 풍어였다고요."

"그래? 난 그물만 치면 잡히는 고기가 청어인 줄 알았는데…"

"청어는 바닷물 온도와 산란조건에 따라 이동하는데 서방님 부임과 그 적기가 딱 맞아떨어진 것이지요."

"내가 작년 삼월에 부임했는데 그때가 적기였나?"

"섣달부터 청어가 눈에 띄면 그것이 풍어를 알리는 신호이지요."

"그럼 섣달이 되어야 다시 청어를 맛볼 수 있는 것인가?"

"동짓달에 새끼돼지를 사와 말린 청어 내장을 먹여 사육하면 오뉴월이면 큰 돈이 돼 이 전쟁에 도움이 될 것입니다."

난 이때 청어가 철 따라 움직이는 생선임을 처음 알았다.

원균이 잔치를 접었다는 소식이 왔다. 단이 생각대로인데 뒷맛이 개운치 않다. 원균이 잔치를 접으면서 패악질을 했다.
지난번 견내량 싸움 후 잔치도 그랬고, 이번 잔치도 내가 동조同調하지 않아 일찍 접었다. 원균은 부하 지휘관들 앞에서 나를 향해 입에 담기조차 힘든 욕설을 퍼부었다.
원균이 잔치를 하면 내가 전라좌수영의 수군을 이끌고 경상우수영으로 가 잔치에 참여하든지, 아니면 원균이 잔치를 벌일 동안 경상우수영을 지켜줄 줄 알았다. 그런데 난 탐색선조차 띄우지 않았다.
"잔치를 일찍 접었으니 이는 다 이순신 때문이다!"
같은 직급의 수사에게 직급을 빼고 이름만 지칭하는 것은 큰 결례인데 소문에는 원균이 크게 취해 그리했다고 하나 그것은 주위의 군관들이 순화시켜 한 얘기고 원균의 품격으로 보아 그러고도 남을 인사다.

임진년
8월 1일

    이번 경상우수영 잔치에는 세자를 근접 보필하는 절충장군 박팽률朴姘率과 예종엽芮宗燁이 휘하 군사들과 원균을 돕는다는 명목으로 경상우수영에 남았다.
    이 둘은 원균과 막역하였다.
    내가 경상우수영을 지켜주지 않아 일찍 끝난 연회에 이들 또한 섭섭하다 했다. 이들도 여느 양반들처럼 계집종을 첩으로 두고 있다. 한데 함께 주안酒案을 펼친 밤에는 번갈아 첩을 교체해 잔다고 하니 인간으로서 어찌 그런 행태行態를 벌이는지 허망虛妄할 따름이다.

임진년
8월 2일

예종엽芮宗燁이 기별도 없이 휘하 군관 몇을 데리고 전라좌수영에 들이닥쳤다.

그의 직책은 분조의 절충장군折衝將軍이었는데 세자가 내린 직급(종3품)이기에 정식(정3품) 절충장군이라고 할 수는 없다.

"아니 절충장군께서 전라좌수영은 어쩐 일이십니까?"

그러나 세자가 내린 관직이므로 최대한의 예를 갖추었다.

"세자저하께서 거북선을 살펴보라 명령하셨습니다."

말은 그렇게 했지만, 세자가 있는 곳에는 바다가 없으므로 이는 세자의 생각이 아니라 원균의 생각이다.

"거북선은 배이므로 땅에서는 유용流用가치가 없습니다."

"유용가치는 내가 판단합니다."

명색이 세자의 명령이라 하니 거북선으로 안내하지 않을 수가 없다.

대장공대장 허장대는 이번 출정에서 거북선의 미숙함을 보완하고 효용 가치를 극대화한 새 거북선을 주조하고 있다.

단은 싸움이 소강상태일 때 새로운 거북선을 주조해야 한다고 해서 서둘렀다.

예종엽은 거북선 주조에 감화되어 눈이 휘둥그레져서 그저 감탄만 할 뿐 일언반구도 없다.

"아이고 이걸아씨 예까지 직접 납시셨는게라."

대장공대장 허장대가 단을 반가워하며 사투리가 저절로 튀어나왔다.

단이 뒤에는 점례를 비롯한 부엌데기 오륙 명이 목수와 대장공들의 점심밥을 내오는 중이다.

"좌수사부인左水使夫人께서 전라좌수영에 함께하십니까?"

예종엽은 허장대가 단을 보고 극존칭인 아씨라 칭하니 오해했다.

"그늘 쪽으로 자릴 잡지 땡볕에서 밥을 먹을 텐가?"

나는 예종엽에게 뭐라 답을 할 수가 없어 일부러 자리 참견을 했다. 그런데 이것이 화근이었다.

"서방님도 예 오셔서 한술 뜨시지요."

단이 나를 서방님으로 지칭하므로 예종엽이 단을 내 정실正室로 확신했다.

"흠흠, 난 손님과 동헌에서…"

내가 헛기침을 하자 단이 그제야 내 옆의 예종엽을 보고 말했다.

"네, 질임에게 동헌으로 진지를 올리라 하지요."

"하따 아무리 글혀도 어맨티(엄마에게) 질임이 머시당가."

점례가 사투리로 퉁을 놨다.

"가시지요."

난 예종엽를 동헌으로 안내했고 이때까지는 예종엽도 별 의심이 없었다.

"갑자기 하지 않던 부엌 시중을 해 이 사달을 만드는가?"

서기를 준비하는 단에게 한소리 했다.

"부엌에 있어 손님이 오신 것을 몰랐습니다."

"예종엽이 사투리를 못 알아들었기에 망정이지, 목수와 대장장이들에게 이녁이 직접 아씨라는 말을 입에 담지 못하게 하게."

"이녁이 받들어지는 것이 싫으십니까?"

"지금 내가 하는 말은 그 뜻이 아니잖은가?"

임진년
8월 3일

결국 사달이 나고야 말았다. 예종엽은 어제 다시 경상우수영으로 갔다.

해 질 녘에 우수영에 도착했는데 원균이 주안상을 펼치고 술에 취해있으므로 단이 관비에서 내 첩이 됐다는 것은 오늘에서야 원균을 통해 알았다.

임진년
8월 4일

예종엽이 들이닥친 것은 오정이었다.

내가 활터에서 활을 두순(10회)인가 쐈을 때 예종엽이 왔다는 소식을 들었다.

나는 불안하여 과녁에 집중이 되지가 않았다. 활쏘기를 파하고 동헌에 도착하니 예종엽이 객관客官에 있다.

오정 인데도 예종엽 앞에 술상이 차려져 있다. 나는 대낮에 차려진 술상을 보고 심기가 불편했지만, 첩을 아씨로 칭하게 한 죄는 모두 내게 있으므로 예종엽에게 딱히 뭐라 할 말이 없었다.

"이수사님, 궁터에 계신다더니 벌써 활쏘기를 파하신 겁니까?"

"절충장군께서 오셨으니 당연히 파하였지요."

내가 굳이 절충장군을 지칭한 것은 절충장군은 나와 같은 정3품이지만 세자가 내린 종3품 절충장군이므로 나보다 낮은 품괘이니 함부로 행동 말라는 암시를 포함하고 있다.

"세자저하를 근접 모시고 있어 그런지 정오인데도 대접이 융숭합니다."

예종엽이 세자를 등에 업고 나를 겁박했다.

작금의 상황에서 첩, 그것도 관비 신분의 첩에게 사대부 부인에게나 쓸 수 있는 아씨라는 극존칭은 불가하다.

전시가 아니라면 당장 끌려가 치도곤治盜棍을 당할 중죄이다.

그리고 그 죄를 물어야 할 사람이 전라좌수영을 책임지고 있는 나다.

내가 체벌體罰을 할 수 없는 처지일 때는 도원수가 체벌을 하고 나는 파직을 당할 수도 있는 중요한 사안事案이다.

"우리 부엌을 지키는 사람들이 음식은 으뜸으로 만들지요."

"헌데 오늘은 아씨께서는 보이질 않습니다. 내가 대장장이보다도 못한 것인지요?"

그가 드디어 본론을 꺼냈다. 단을 대령하라는 암시다.

"그 사람은 내 정실이 아니올시다."

"허, 그렇습니까? 난 대장공들이 아씨라는 존칭을 쓰기에 당연히 정실부인이라 생각했습니다."

"그것이, 대장공들이 뱀을 생으로 먹고 죽게 된 것을, 그 사람이 탕약을 지어 살려주어 그같이 존칭을 쓰게 되었습니다."

안 되는 줄 알지만, 그들이 스스로 그리 부르는 것을 일일이 쫓아다니면서 말릴 수도 없고…"

"허 그러면 그리 부른 대장공 놈들을 족쳐야 하겠군요."

"그들은 거북선을 주조하는 중요한 사람들입니다."

"하면 첩을 족치오리까?"

야비하게 웃으며 내뱉는 예종엽의 말을 들으며 내 등줄기에서 식은땀이 흘렀다.

임진년
8월 5일

　어제 예종엽은 술상을 무른 뒤 바로 돌아갔다. 나는 그가 바로 돌아간 것이 더 불안했다.
　그가 경상우수영에서 원균과 무슨 얘기를 어떻게 나눌까 생각을 안 할 수가 없다.
　단이와 좋은 기억이 없는 원균이 어떤 조치를 할 것인지도 불안하다.
　그들이 지체 낮은 여자를 대하는 소문이 사실이라면 그들은 절대 단을 곱게 두지 않을 것이다. 난 단을 어떻게 보호해야 할지가 난감할 따름이다.
　"진지 올립니다."
　그때 단이 아침 밥상을 들고 들어왔다.
　"오늘 어미랑 나갔다 오겠습니다."
　내가 밥상을 물리고 숭늉을 마시는데 단이 입을 뗐다.
　"어딜?"
　"어쩌면 이삼일 소요될 수도 있습니다."

"어디를 가는데 그리 시간이 걸리는가?"

"이녁 때문에 벌어진 일이니 이녁이 수습해야지요."

"수습이고 뭐고 어디를 가는지 나도 알아야 하잖는가?"

"더 아시면 서방님께서, 아니, 나으리께서도 공범이 되십니다."

난 단이 내게 서방님이라는 말을 조심히 해야 하는 것이 서글펐다.

임진년
8월 6일

 예종엽이 박팽률과 같이 왔다. 둘은 눈을 희번덕거리며 단이 있을 만한 곳을 살폈다.
 어제 질임과 외출한 단은 아직 귀가 전이니 그들의 눈에 띌 리가 없다.
 "좌수영 아씨는 없느냐?"
 "이곳에는 아씨가 아니계십니다."
 주안상을 내려놓으며 점례가 말했다.
 "무슨 소리냐! 내가 대장공에게 직접 들었다."
 "이걸께서는 어미와 밖에 나가셨습니다."
 "아! 아씨의 이름이 이걸이냐?"
 "에구머니나!"
 박팽률이 주안상을 놓고 나가는 점례의 엉덩이를 만졌다.
 "그년 엉덩이 한번 튼실하군."
 점례는 빠른 걸음으로 부엌으로 갔다. 동헌객관이 지척이므로 나는 그 둘의 행동거지를 모르려야 모를 수가 없다. 하지만 그들과 어울릴 수가 없는 처지인지라 짐짓 모른척하였다.
 내가 관심을 두지 않고 단이도 없으니 그 둘은 해지기 전에 돌아갔다.

임진년
8월 7일

 해질녘이 돼서 단이 모녀가 돌아왔다. 두 사람은 오자마자 멱을 감았다. 저녁상을 내온 점례가 말하길 두 사람 모습이 진흙탕에서 구른 새끼 개 같은 모습이라고 했다. 난 문득 단이가 세신을 캐고 돌아왔을 때가 떠올랐다.
 "혹여 세신을 캐 오기라도 한 것인가?"
 야록을 준비하는 단에게 넌지시 물었다.
 "마늘 점이라도 치셨습니까? 아니지, 마늘 점은 운세만 보는 거지요."
 말투에서 단이 특유의 활기가 느껴지므로 비로소 안심되었다.

임진년
8월 8일

단 어미 질임이 편찮다 하였다. 웬만해서는 아프다고 하지 않던 사람이어서 걱정되었다. 세신을 캐기 위해 이틀 동안 산을 이 잡듯 뒤졌을 테니 이해가 되었다. 그런데 갑자기 그 많은 세신이 왜 필요했던 것일까? 딱히 주위에 세신을 진통제로 쓸 만큼 아픈 사람도 없는데 참으로 의아했다. 단에게 물어도 그저 웃어넘길 뿐 답이 없다.

임진년
8월 9일

오정에 예종엽이 또 들이닥쳤다. 원균과 규합해 왜적을 무찌르려 하는 것은 뒤로하고 이렇게 자주 오니 한심하기 그지없다. 엊그제는 이곳에 오지 않은 것으로 보아 우리 수군 중에 경상우수영과 내통하는 놈이 필시 있다.

"아니! 어멈이, 아프다더니 이제 괜찮은 것인가?"
질임이 낮이므로 간단히 차린 주안상을 들고 객관으로 왔다. 그런데 그 모습에 내 입이 딱 벌어졌다. 질임 얼굴이 너무 예뻤기 때문이다.
"아니 이년은(당시 년과 놈은 욕이 아닌 지체 낮은 사람을 부를 때 썼던 별칭) 누굽니까?"
질임의 얼굴은 무슨 조화를 부렸는지 말갛고 하얗다. 다홍색으로 물들인 입술, 먹으로 칠한 눈썹과 어우러져 양귀비도 이만큼은 예쁘지 않았을 것이다.
"우리 좌수영 부엌을 책임지고 있는 부엌 대장입니다."

"나이가 있으니 물론 서방놈도 있겠지요?"

"쇤네는 과부입니다."

내가 변명할 구실을 찾기도 전에 질임이 말했다.

"하이고 이렇게 기쁠 수가, 어여 여기 한잔 딿아보거라."

"영광이옵니다. 절충장군님."

질임이 예쁘게 웃으며 예종엽의 잔을 채웠다. 난 질임이 예종엽에게 왜 이렇게 적극적인지 알 수가 없다.

"그럼 담화들 나누시어요."

"우린 나눌 담화가 없다. 그냥 예 있거라."

예종엽이 질임을 잡으려 하였지만, 질임이 살며시 뿌리치고 방을 나갔다.

"이 수사님! 어떻게 좀 해보시오. 저런 기막힌 년을 두고 수컷 둘이 이게 뭡니까?"

예종엽은 질임에게 얼마나 마음을 빼앗겼는지 덥추(모든 기생의 통칭)집에서나 내뱉을 말을 쏟아냈다.

"찾으셨습니까?"

난 예종엽을 객관에 남겨두고 동헌으로 가 단을 불렀다.

"지금 두 사람 뭐 하는 짓거린가?"

내 목소리가 매우 컸다.

"절충장군의 과녁은 쇤네입니다."

"그건 나도 알아!"

"알아서 뭘 어찌하실 것인지요?"

단의 말을 듣고 보니 내가 할 수 있는 것은 아무것도 없다.

"그래서 어미의 몸을 팔아서라도 이 위기를 벗어나기라도 하겠다는 것인가?"

"그럼, 서방님이 파직당하는 것을 보고 있을까요? 이녁은 무사할까요?"

"예종엽이 질임을 취하고 나면 이녁은 무사할 것 같은가?"

"무사하려고 벌이는 짓입니다."

"질임은 질을 꿰매 막았다고 하지 않았나."

입에 담기 힘든 말이지만 해야만 했다.

"막은 것은 뚫었습니다."

단과 질임이 세신을 수집한 것은 질임의 질을 원상 복구시키기 위함이었다.

질임이 아프다고 했던 것은 그 후유증이었다.

아직은 움직일 수 있는 형편이 아니었지만, 상황이 매우 급하게 돌아갔기에 세신으로 질의 통증을 죽이고 손수 주안상을 들고 객관으로 온 것이다.

"어미가 원래 그리 예뻤던 것인가?"

"이녁의 기억에는 없으나 어미는 혜민서(조선시대병원)에도 파견 나갔다 했습니다. 그곳에서 어떤 물질이 얼굴을 맑고 예쁘게 하는 물질인 것을 알게 되었고, 입술과 눈썹은 각필로 홍랑자(꽈리) 물과 먹을 찍어 이녁이 그렸습니다."

"그래서 앞으로 어찌할 작정인가?"

"전에도 말씀드렸듯이 아뢸 수 없습니다."

"또, 공범 타령인가?"

"그렇습니다."

객관에 가니 예종엽이 없다. 점례를 불러 물어보니 예종엽은 질임의 숙소인 별채에 질임과 같이 있다고 했다. 별채 쪽으로 가니 노랫가락이 들렸다.

"오늘부터는 여기서 서방님과 함께 자겠습니다."

야록에 수기를 하면서 단이 말했다. 예종엽과 질임의 합방을 내게 공식적으로 공표한 것이다.

"그리하게."

임진년
8월 10일

꿈자리가 뒤숭숭했다. 눈을 뜨니 단은 벌써 일어나 부엌으로 간듯하다.

단이 일어났다기보다는 뜬눈으로 밤을 새웠다는 것이 맞는 표현이다.

나여도 어찌 잠이 온단 말인가.

대청으로 나가니 아직도 별채 쪽에서 노랫가락이 울린다. 참 두 사람은 기력도 좋다.

그런데 부엌 쪽에서 밥을 짓는 연기가 보이지 않는다. 절로 고개가 갸웃해진다.

"주무시지 않고 왜 나와계십니까?"

단이 쪽문 쪽에서 들어오며 말했다.

"날이 샌것이 아닌가?"

"아직 닭도 깨지 않았습니다."

"그래? 이녁은 어디를 갔다 오는가?"

"어미가 부족한 것은 없는지 가 보았습니다."

"몸이 다 아물지도 않았을 것인데…"

조심스러운 말이다.

"그래서 저리하고 있는 것입니다."

"무슨 뜻인가?"

"인사불성이 돼야 앞뒤 구멍 구분이 안 됩니다."

"이보게!"

"어미의 말입니다."

신申시(오후3시)가 넘어 기침起寢한 예종엽이 거북선을 주조하고 있는 곳으로 날 찾아왔다.

예종엽이 오자 내 곁에 있던 대장장 대장 허장대가 알아서 자리를 피했다.

자신이 이걸에게 아씨라고 해 사달이 난 것을 알고 있었다.

"예 계신 줄을 모르고 한참을 찾았습니다."

"부관 나대관에게 하문하시잖고요."

"어차피 동헌에서 드릴 말씀이 아닙니다."

"무슨 말씀이시기에?"

"말 한 마리가 필요합니다."

하는 말마다 수준 이하다. 말 한필이 아니고 한 마리다.

"경상우수영은 말馬로는 오갈 수가 없습니다."

"질임이 별채에 올 때 타고 오라합니다."

예종엽이 말 하는 뜻을 도무지 이해할 수가 없다.

"두 말씀 마시고 말을 내어주셔요."

단이 부탁 조로 말했다.

"좌수영 말은 나라 재산이야 그걸 주색잡기에 동원할 수 없어!"

"제 어미가 주색잡기입니까?"

"아니, 내가 실언을…."

"말을 돈을 받고 파셔요. 그럼 좌수영 말이 아닙니다."

"예종엽에게 말을 팔라고?"

"네! 말값은 이녁이 지급하겠습니다."

"이녁이 그리 큰돈이 있다고?"

"말 한 마리 살 돈이 큰돈은 아니지요."

그 말은 단이 더 많은 돈이 있음을 암시하고 있다.

"대체 어미는 왜 예종엽에게 말을 타고 별채에 오라는 건가?"

"말발굽 소리가 나면 부엌데기들은 알아서 기라는 뜻입니다."

"대체 이녁과 어미의 꿍꿍이가 뭔가?"

"공범이 되시렵니까?"

임진년
8월 11일

말발굽 소리가 또렷하게 들린다.

동헌이나 별채나 사람이 다니는 곳은 비가 오면 진흙에 빠지지 않도록 돌로 바닥을 깔아놓았기에 그 소리가 선명하다.

일각도 채 지나지 않아 노랫가락이 들린다. 노는 기질도 타고난 것인가 하루도 빠짐없이… 나보고는 하라고 고사를 지내도 못 할 짓을 잘도 해낸다.

"합석하고 싶으십니까?"

단이 내가 서 있는 대청 쪽으로 오며 말했다. 그녀는 자리끼를 들고 있다. 그렇지 않아도 갈증을 느끼던 차에 거의 한 바가지 되는 물을 단숨에 들이켰다. 생각해 보니 저녁 음식이 대체로 짰다.

임진년
8월 12일

"꺄아아악!"

잠결인데 비명이 무척 컸다. 자는 내가 깰 만큼 큰 소리였다. 서둘러 의복을 갖추는데 단이 뛰어 들어왔다.

"무슨 일인가?"

"빨리 나가보셔야 할 것 같습니다."

단을 따라 별채 쪽으로 가니 예종엽이 빨랫줄에 걸려 죽어있었다. 그가 탔던 말도 별채 대문 앞에 죽어있다.

"뭐야! 이게 어찌 된 일이냐?"

시체를 처음 발견한 점례가 주저앉아 오줌을 지리고 정신이 나가 내 물음에 대답도 못 했다.

"어멈! 어멈은 어디있나?"

난 질임을 소리쳐 찾았다. 별채 문을 열자 반나체의 질님이 밖의 소란도 모른 채 술에 취해 자고 있다. 난 황망하여 급히 별채 문을 닫았다.

척후부장 이억태가 경상우수영으로 가 박팽률과 수사군관

을 대동하고 함께 왔다. 박팽률과 수사군관이 별채 마당에 있는 예종엽의 시체를 확인했다.

나는 오해의 소지를 차단하기 위해 예종엽의 시체를 처음 발견한 모습 그대로 인 상태에서 홑이불만 씌어놓았다.

"이게 무슨 짓입니까? 죽은 사람을 제대로 거두지도 않고."

박팽률이 소리쳤다..

"경상우수영에서 누군가 와서 확인할 사항事項이라서 그리 조치했습니다."

박팽률은 군졸들에게 예종엽의 시체를 끌어내리게 했다. 그런데 시체가 굳었고 목이 빨랫줄에 걸려있어 처리가 쉽지 않았다.

성질이 급한 박팽률이 칼을 차고 있던 군관 허리춤에서 칼을 뽑아 줄을 자르려 했다. 빨랫줄이 질겨 잘 잘리지 않자 칼을 군관에게 넘겼다. 칼을 받은 군관이 빨랫줄을 잘랐다.

박팽률과 같이 온 수사 군관이 우리 쪽 수사 군관과 함께 다음과 같이 결론 내렸다.

술에 취한 예종엽이 말을 타고 가다가 얕은 빨랫줄에 목이 걸렸는데 무의식중에 말의 갈기를 당겼다. 말이 놀라 앞으로 달리는 바람에 말 안장 턱에 걸린 예종엽의 몸이 공중으로 한 바퀴 돌아 또 하나 있는 높은 빨랫줄에 목이 걸려 조여 죽었다는 것이다.

여기서 이불을 말리는 빨랫줄은 약 두자 간격을 두고 두 줄로 설치하는데 한쪽은 높고 한쪽은 약 한자 반 정도 낮게 설치한다.

이는 가운데 공간을 둬야 이불이 빨리 마르며 높낮이를 두는 것은 이불이 바람의 흐름을 타면 더 빨리 마르기 때문이다. 이쯤 되면 여인네들의 생각도 남자들의 생각을 뛰어넘는 지혜가 있음을 지레짐작할 수 있다.

예종엽의 시신은 임시로 관을 짜 입관했다. 이때 날이 저물어 내일 날이 밝는 대로 경상우수영으로 가 장례를 치르기로 하였다.

밤이 깊어 야록을 수기할 시간이 넘었는데도 단이 오지 않는다. 물론 단은 어미 질임과 같이 있을 것이다. 갑자기 사람이 죽어 얼마나 당혹스럽겠냐마는 이것이 정녕 자연사가 아니라면, 단과 질임이 짜고 저지른 살인이다.

그렇다면 나는 이것을 어찌 처리해야 할지 생각만으로도 복잡해 머리가 깨질 것 같다.

당하관인 절충장군이 전라좌수영에서 죽었으므로 나는 대장선에 예종엽의 관을 싣고 경상우수영으로 떠났다. 내가 떠

남에도 단은 보이지 않는다. 나는 이 상황을 어찌 해석해야 할지 정말 골치가 아프다.

원래 정상적인 죽음이라면 최소 오일장이라도 치러야 했지만 예종엽은 여자와 술을 먹고 놀고 나오다 비명횡사를 했기에… 세자(광해군)에게는 자연사인 것처럼 간략히 보고하였다.

세자가 말하길 화장해 유골은 전쟁이 끝나면 예종엽의 선산에 안장하라 하였다.

임진년
8월 13일

생략된 장례였지만 유골을 취하고 간단한 제를 올리니 하루가 지난 다음 날 경상우수영을 떠났다.

떠나는 내게 허정이 말하길 부산진에 왜적이 모여들어 그 수가 상당하다 하였다. 생각해보니 와키자카 야스하루의 잔당과 왜국에서 충분히 증원군이 오고도 남을 시간이다. 이를 등한시한 것은 예종엽 때문에 모든 신경이 그쪽으로 쏠려 있었기 때문이다.

저녁 밥상을 들고 들어서는 세옥에게 물었다.

"다들 어디 가고 네가 상을 내오느냐?"

세옥은 부엌 서열 셋째다.

"이걸은 어미랑 같이 있고 점례는 앓아누웠습니다."

"이걸에게 내가 찾는다고 하여라."

내가 찾는다고 했는데도 단은 오지를 않고 있다.

나는 문득 단이 그간의 일을 어찌 수록했는지 알고 싶어 야록을 꺼냈다. 그리고 요 삼일간의 야록 부분을 펼쳤다. 그런데 팔월 구일부터의 야록이 적혀있지 않다. 더듬어보니 예종엽에게 질임이 첫선을 보이던 날부터이다. 그날 밤새워 노랫가락이 들렸고 꿈자리가 뒤숭숭해 잠을 설쳤던 그날이다. 단이 내방에서 다시 자겠다고 한 날이기도 하다.

"이녁입니다. 들어가겠습니다."
모두 잠든 시간이 돼서야 단이 내 방으로 왔다.
"내가 찾는다는 소리를 못 들었는가?"
"아직은 어미 곁에 있어야 할 때입니다."
"야록을 보니 이녁이 내방에서 다시 자기 시작한 날부터 빠져있군."
"그날부터의 야록은 다른 곳에 보관하고 있습니다."
"다른 곳에? 당장 가지고 오게!"
"그럴 수 없습니다."
"뭐라고?"
"임금님도 실록은 보거나 손질할 수가 없습니다."
"이것이 임금님의 실록인가?"
"같은 맥락입니다."
"가당찮은 변명하지 말고 당장 가지고 오게."
"공범이 되시렵니까?"
"또 그 소리!"

"서방님이 숨긴 야록을 보는 순간부터 공범이 되는 것입니다."

"그럼 지금껏 이 야록을 내버려 둔 것은 무엇인가?"

난 손에 든 야록을 흔들었다.

"그것은 서방님이 수기해 주거나 불러 준 대로 적은 것이기 때문입니다."

우리가 눈을 마주치자 두 눈에서 불꽃이 일었다.

"내 기꺼이 공범이 되지."

"서방님!"

다시 우리 두 사람 눈에서 불꽃이 튀었다.

지금부터 이녁이 드리는 말씀은 사흘 전 어미에게 들은 임소任素할머니 이야기입니다. 할머니 이름 임소任素는 증조할머니가 지어준 이름입니다.

관속 대장의 낭심을 물어뜯어 죽이고 맞아 죽은 단의 증조모 핏덩이 딸 임소任素를 어떤 관비가 거뒀다.

관비는 무슨 까닭인지 임소에게 엄마(증조모)의 죽음에 관해 틈이 있을 때마다 얘기했다.

그녀도 반정 때 관비가 된 자손 중 한 명이었을 것이라는 짐작이다.

관비의 보살핌으로 열네 살까지 임소는 별 탈 없이 잘 컸다.

열다섯 살이 되던 해 사달이 났다. 임소가 속한 현의 현감이 바뀌면서 임소가 새 현감의 수청을 들게 된 것이다.

열다섯이고 처녀인 그녀는 한순간에 현감의 생리처리 도구로 전락했다.

처음 받아들인 남자는 하체에 큰 고통을 주었고 온종일 질에 다듬잇방망이를 꽂고 있는 듯한 느낌이었다.

엄마가 낭심을 물어뜯어 죽인 관속 대장처럼 현감은 단 하루도 임소를 곱게 재우지 않았다.

열여덟이 되던 해 임소는 아기를 가졌다. 임소가 아기를 갖자 현감은 관계를 자제했다. 삼십 대 후반인 현감은 그때까지 아들이 없었다.

임소가 아들을 낳으면 정실이 낳은 것처럼 꾸며 대를 이을 작정이었다.

의원의 진맥도 아들이었고 무당의 점괘 또한 아들이었다. 현감의 관속들은 임소를 산달까지 정실 이상으로 받들었다.

그런데 임소는 딸(질임)을 낳았다. 딸을 낳은 순간 임소는 방에서 쫓겨나 마구간에서 지냈다. 관비의 보살핌이 없었다면 임소와 딸은 결코 무사치 못했을 것이다.

해산한지 한 달도 채 되지 않아 현감은 임소를 친구들과 같이 있는 술자리에 불러냈다. 현감은 임소를 지금까지는 애지중지 남이 채갈까 숨겼었다. 그러나 이제는 사정이 달랐다. 그녀는 바램과 달리 딸을 낳았고 현감에게 그건 배신이었다. 배신의 대가는 혹독했다. 핏덩이를 관비에게 맡기고 술자리 불려간 임소는 사람이 아닌 개였다. 현감은 임소를 친구들 앞에서 발가벗기고 그 짓을 서슴지 않았다. 현감의 생리처리가 끝나면 친구들이 번갈아 임소를 덮쳤다.

새벽녘에 마구간으로 돌아온 임소는 딸을 관비에게 넘겨받아 이름을 질임으로 지었다. 그리고 이름의 뜻도 딸(질임)에게 상세하게 얘기했다. 뛰어난 기억력의 유전으로 핏덩이 질임은 엄마의 말을 정확히 기억했다.

몇달 후 현은 불이 나 전소됐다. 죽은 사람은 현감뿐이었다. 그런데 임소는 그 어디에도 없었다.

"굳이 지금 그 얘기를 하는 연유緣由가 뭔가?"
"어미가 죽은 절충장군에게 알아낸 것은… 서방님과 이녁의 관계를 도원수 또는 세자께 고해 파직시킬 생각이었습니다."
"설마 그렇게까지……"
"그래야 관비인 이녁을 가질 수 있습니다."
"으음…"

나는 절로 앓는 소리가 났다.

"어미 질임은 절충장군에게 미인계를 쓰기로 했습니다."

"그만! 더는 듣고 싶지가 않다."

"이후는 수사 군관들이 내린 결론과 같습니다."

"혹여 그날 저녁 음식이 유난히 짰던 것도 이 사건과 관계가 있는가?"

나는 그때 갈증으로 물을 한 바가지나 들이킨 것이 생각났다.

"서방님이 그때 마신 물은 조름나물 물입니다. 마시면 바로 잠이 쏟아집니다. 그래서 서방님이 그날 밤 일을 몰랐던 겁니다."

"그런 나물도 있나?"

"어미가 혜민서에서 알아낸 것입니다. 하지만 반찬으로 무쳐먹는 나물은 아닙니다. 수면을 유도하는 나물입니다."

"여자 둘이서 거의 육 척의 예종엽을 빨랫줄에 걸어 죽였단 말인가? 아무리 취했다지만 반항도 안 해! 사람이 목이 조이면 잡아 뜯으려고 하는 게 본능이야. 시체 목에는 손톱자국 하나 없었어."

질임은 예종엽이 자신을 올라타고 사정의 절정에 다다랐을 때 왼쪽 겨드랑이 한자 아래를 가로질러 대각선으로 정확하게 예종엽의 심장을 굵은 송곳으로 찔렀다.

사람은 심장이 찔리면 바로 즉사한다.

이는 질임이 혜민서에 파견 나갔을 때 죽기만 기다리며 고통에 몸부림치는 환자를 안락사시키는 방법의 하나였다.

죽은 예종엽을 단과 질임이 옷을 입혀 끌고 나갔다. 돌바닥 위로 가므로 흙이 묻지 않았다.

가위형식으로 된 빨랫줄 막대 중간에 있는 손잡이를 왼쪽으로 돌리면 빨랫줄이 내려온다. 이는 무거운 이불빨래를 쉽게 너는 장치다.

시체의 얼굴은 대문 쪽을 보게 했다. 아래 빨랫줄을 윗 빨랫줄 위로 넘겨 시체 목에 걸고 막대 손잡이를 오른 쪽으로 돌렸다. 서서히 시체가 섰고 빨랫줄에 걸려 죽은 모양새가 됐다.

말은 끌어다 문 앞에 움직이지 못하게 고삐를 묶고 심장을 송곳으로 찔러 즉사시켰다. 혜민서에서는 가축치료도 하므로 질임은 말의 심장 위치도 정확히 알았다. 그리고 말이 뛰어가 머리로 대문 기둥을 받아 죽은 것같이 하기 위해 이마를 큰 망치로 쳐 상처를 냈다. 굳이 말을 죽인 이유는 그만큼 놀란 말이 빨리 뛰어갔다는 뜻이고, 그래야 예종엽이 말안장 턱에 걸려 공중에서 한 바퀴 돌며 빨랫줄에 걸렸다는 것과 일맥상통一脈相通한다.

자초지종을 듣고 난 소름이 돋았다.

"나가! 더 듣고 싶지 않다!"

"나으리께서도 출정 전 도망친 군졸을 잡아다 목을 베십니다."

"이것은 살인이다!"

"가족을 먹여 살리기 위해 쌀 몇 말 또는 보리 몇 섬에 팔려 양반 대신 대리군으로 끌려왔지만 죽는 것은 누구에게나 공포입니다. 그래서 달아난 군졸을 잡아다 목을 베는 것도 살인입니다."

"뭐?!"

"오직 자신의 목적을 달성키 위해 나으리를 위기에 빠뜨리고, 종국에는 첩을 뺏으려고 했던 놈의 목숨과 달아난 대리군의 목숨 중 어떤 것이 더 가치가 있습니까? 그가 절충장군이라는 높은 위치에 있어 더 큰 가치가 있습니까? 나으리 생각이 그렇다면 쇤네 명색이 나으리 첩인 것이 부끄럽습니다."

말을 마친 단이 내게 큰절을 하고 나갔다.

임진년
8월 14일

 부산포 쪽을 탐색하고 돌아온 이억태가 보고하기를 내가 견내량에서 쳐부순 적의 수군만큼의 배가 부산포 남쪽으로 진을 치고 있는데 그 뒤가 육지이므로 여차하면 육지로 올라가 백병전을 할 태세라고 전했다.
 소문으로도 왜적이 백병전에서는 타의 추종을 불허한다고 하니 별다른 대비책이 없는 우리 수군으로서는 기다려볼 수밖에 다른 뾰쪽한 방법이 없다.

임진년
8월 15일

원균이 박팽률과 함께 전라좌수영으로 왔다. 그도 그럴 것이 왜적이 지척에 있는데도 내가 출정을 하지 않고 있으니 애가 탄 것이다.

나와 원균이 왜적과 어떻게 싸울 것인지 독대를 하자 바다 싸움에서 경험이 없어서인지 박팽률은 슬그머니 자리를 피했다. 하지만 원균과의 독대도 별 의미는 없다. 이 인사는 대책도 없이 쳐들어가면 무조건 이기는 줄 알고 있으니 난감할 따름이다. 그때 부엌 쪽에서 큰소리가 났다.

점례가 와서 말하기를 박팽률이 별채 질임의 방으로 무작정 따라 들어가므로 약간의 소란이 있었다고 했다. 질임이 박팽률에게 무엇이라 했는지 모르겠으나 잠깐의 소란이 있을 뿐 박팽률도 질임의 방에서 나와 아무 일도 없는 듯 행동했으므로 문제 삼지 않았다.

내일 출정이 잡혀있으므로 단을 방으로 불렀다. 그러나 단은 그저 야록에 수기를 할 뿐 일언반구가 없다. 나도 딱히 할 말이 없어 잠을 청하듯 단을 뒤로하고 모로 누우니 수기를 마친 단이 방을 나갔다.

내일 출정인데 아무 말도 없으니 내심 섭섭했다. 다시 몸을 일으켜 야록을 보니 옆에 가지런히 수기한 종이가 한 장 보인다. 종이를 가져와 내용을 보니 '장기를 왜 졌는지 잊지 마시기 바랍니다.' 라고 언문으로 쓰여있다.

임진년
8월 16일

경상우수영에 도착하니 점심때이다. 원균을 비롯한 각 지휘관과 점심을 먹었다. 원균이 반주로 술을 내오라 했다. 원균과 박팽률은 술잔을 기울였으나 내가 술잔을 거부하자 아무도 술을 마시는 지휘관이 없었다. 그러자 원균과 박팽률도 반주로 한 잔씩만 마시고 상을 물렸다.

탐색을 나갔던 이억태가 와서 말하길 왜적이 부산포에서 움직일 생각이 없는지 탐색선이 가까이 갔는데도 반응이 없다고 했다. 나는 이억태가 하는 말이 이해가 되지 않았다. 개전 후 왜적은 이 십여 일 만에 한양에 무혈입성했다. 지금은 평양까지 함락하고 조선군과 대치 중이다.
그런데 해전에서의 몇 번 안되는 패배 때문에 부산포에 처박혀 움직일 생각이 없다. 교활한 왜적의 꿍꿍이를 파악하기 위해서라도 내가 직접 나서야 할 것 같았다.
저녁때가 돼서 전라우수영 이억기가 수군을 이끌고 경상우수영에 합류했다. 이억기는 삼십 대 초반에 수군절도사이니 빠른 출세다. 그러나 나이가 나이니만큼 나를 추앙하며 잘 따랐다.

임진년
8월 17일

뜨는 해를 바라보며 적이 있는 부산포을 향했다. 거북선을 앞세웠고 귀선이 뒤따랐다. 그 뒤를 나와 이억기의 배가 나란히 따라갔다.

한시진을 달려 부산포에 도착하니 탐색했던 이억태의 말대로 부산포에 정박하고 있는 왜적의 배가 얼마나 많은지 그 끝이 보이지 않았다.

속도를 줄이고 적의 배를 향해 다가갔다. 맨 앞에 적의 배 중 제일 작은 배 고바야부네 수십 척이 우리 쪽을 보고 횡橫으로 서 있는 모습이 나타났다.

그리고 우리의 사정거리 밖에서 셀 수 없이 많은 중간 배 세키부네가 자리 잡고 있다.

또 한 사정권밖에는 실질적 적의 전투선이라고 할 수 있는 지휘관 배 아타케부네가 진陳을 치고 있었다.

이는 지금까지 전혀 볼 수 없던 적의 포진鋪陳이다. 우리 배가 조금 더 다가가자 맨 앞에 선 작은 배가 갑자기 돛 같은 모양의 막을 배 정면에서 서서히 펼쳤다. 손잡이 쪽을 붙인 접부채를 위에서 아래로 두 개가 동시에 펼치는 모양새인데 그 크기가 작은 배 고바야부네 전면의 두 배 넓이다. 나는 예상치 못한 적의 진법에 당황했다.

"배를 멈춰라!"

"둥둥둥둥둥둥"

배를 멈추라는 북소리를 듣고 앞장선 거북선을 비롯해 모든 배가 일시에 멈췄다. 배를 멈추자 전라우수영 이억기가 최대한으로 배를 내 대장선 오른쪽 옆으로 붙이며 말했다.

"좌수사님 왜 배를 멈추십니까?"

이억기는 자신과 내가 똑같은 수사고 이씨李氏 성이기에 구분을 위해서 잘 쓰지 않는 좌수사라 칭했다.

"왜적 진을 보니 생소해 더는 배를 진격할 수가 없네."

이억기가 적의 진을 다시 한번 보고 말했다.

"저들이 펼친 저 진은 무엇일까요?"

"아무리 봐도 우리의 공격을 무력화하려는 진일듯싶네."

"우리 포의 사정거리가 왜적들보다 훨씬 기니 일단 거북선을 선두에 두고 가까이 가 보는 것이 어떻겠습니까?"

"저 배들을 자세히 보게, 정면에 포신 두 개만 보일걸세. 저 작은 배에는 노 꾼 외에 최소 포병만 타고 있다는 뜻이야. 우리 배가 다가가길 기다렸다가 사정거리에 들어오면 공격을 하겠다는 전략이지."

"그럼 이렇게 적을 코앞에 두고 보고만 있어야 하는 건가요?"

"일단 조금 더 지켜보세."

이억기와 말을 하고 있는데 뒤따르던 원균의 판옥선이 내 대장선 왼쪽으로 붙으며 말했다.

"이수사님, 왜 배를 멈춘 겁니까?"

다가온 원균이 물었다.

"보시다시피 적이 이상한 진을 형성하고 있습니다."

원균이 적의 배를 바라보면서 말했다.

"이상하긴 그냥 돛을 펼친 것 아닙니까?"

나는 기가 찼다.

"돛이 배 밖으로 저렇게 많이 나간 것 보셨습니까?"

"일본 돛배가 조선 돛배와 똑같을 순 없는 것 아닙니까?"

"상식적인 말을 하세요. 저렇게 돛이 배 밖으로 나가면 어떻게 돛을 제어합니까?"

"아! 걱정도 팔잡니다. 우리가 적이 배를 어떻게 다루든 그걸 왜 걱정합니까? 일단 거북선을 앞세워 때려 부숩시다."

"적이 왜 저런 진을 쳤는지 파악하기 전에는 함부로 움직일 수 없습니다."

"이수사! 적을 코앞에 두고 겁을 집어먹은 겁니까? 북 꾼!

북을 쳐라! 진격한다."

원균이 진격한다고 북을 치라고 했으나 우리 북 꾼들은 아무도 북을 치지 않았다.

"진격! 진격!"

원균이 자신의 배에게 진격명령을 내렸다. 하지만 원균의 북 꾼들은 진격할 때 어떻게 북을 쳐야 하는지도 몰랐다. 그도 그럴 것이 그동안 원균의 배는 우리 수군과 합세해 적을 공격하고 후퇴했으므로 그들 스스로는 어떻게 북을 치는 것이 공격이고 또 어떻게 해야 후퇴하는 것조차도 몰랐다.

"만호, 만호!"

원균이 만호 허정을 찾았다. 그러나 허정은 경상우수영의 다른 배에 타고 있었다. 원균이 허정을 찾은 것은 그동안 허정이 나와 출전 경험이 있기에, 그는 원균 진영에서 조직적으로 공격과 후퇴를 아는 유일한 지휘관이었다.

그때 원균 배에는 절충장군 박팽률이 타고 있었기 때문에 허정은 다른 배에 있었던 것이다. 그러자 박팽률이 원균의 곁으로 다가와 원균과 뭔가 얘기를 주고받더니 내게 말했다.

"적이 코 앞인데 나가 싸우지 않으면 이와 같은 사실을 세자저하께 고해바치겠습니다."

"그건 절충장군 내키는 대로 하시오! 그렇게 싸우고 싶으면 우수영 대장선이 앞서시오. 그럼 우리가 뒤따르지요."

두 사람이 다시 무슨 말인가 주고받았다.

"거북선을 앞세워주시오! 그럼 우리가 나가 싸우겠습니다."

원균이 말했다.

"경상우수영이 앞서는데 전라좌수영의 거북선이 왜 나갑니까?"

"거북선은 철갑선 아니오. 적이 대포를 쏜들 무슨 상관이오."

박팽률의 말이다.

"쇳덩이도 폭탄을 맞으면 부서집니다."

"쇳덩이가 폭탄을 맞으면 부서진다고요?"

난 절충장군의 무식함에 혀를 찼다.

"난 거북선을 앞세울 생각이 없으니 그리 아시오."

말을 마치고 나는 선실 안으로 들어갔다. 밖에서 박팽률과 원균이 동시에 뭐라고 소리를 질렀는데 목소리가 뒤섞여 무슨 말인지 알 수가 없다.

그렇게 일각쯤 지났을까. 이억기가 내 배로 넘어왔고 곧이어 원균과 박팽률 허정도 넘어왔다. 이어 후미 판옥선을 책임지는 수군만호 이순신도 합세했다. 여기서 이순신은 나와 언문 이름이 같은 당하관이다.

어떻게 적의 방어진을 칠 것인지 지휘관 회의가 진행 중이다.

"입이 컬컬한데 막걸리 한잔하면서 합시다."

"거 듣던 중 반가운 소리요."

원균이 말에 박팽률도 동조했다.

"전란戰亂 중에 웬 술이요!"

내가 일갈一喝 했다.

들리지 않아도 원균과 박팽률이 나를 보고 이를 갈았다.

회의결과에 따라 일단 거북선을 띄워 적이 무슨 꿍꿍이로 저 같은 진을 치는지 알아보기로 결론지었다.

거북선을 앞세우고 귀선이 뒤를 따랐다. 대포의 사정거리가 일본 대포보다 긴 귀선이 포문을 올리고 일제히 불을 품었다. 대포알이 적의 배를 향해 날아갔다.

충격이었다. 우리가 쏜 대포알이 적이 펼친 방어막에 맞자 방어막이 조금 뒤로 휘청하며 휘는듯하더니 포탄이 바닷물로 떨어졌다. 귀선이 배를 돌려 다시 포를 쐈다. 포탄은 같은 형태로 바다로 떨어졌다. 그리고 적의 배 고바야부네가 움직이며 속력을 내 다가오며 우리 귀선을 향해 포를 쏘기 시작했다.

사태가 심각했으므로 난 진격명령을 내렸다. 우리 배가 적선에 다가가며 포를 쏘자 거북선을 향해 다가서던 고바야부네가 돌려 달아났다. 그리고 교대라도 하는 듯 뒤에 대기하던 적의 중간크기의 배 세키부네가 달려 나오며 포를 쏘기 시작했다.

우리 배가 포를 쏘는 것을 기회로 거북선과 귀선은 우리 진영으로 들어왔다. 적의 공격에 대해 만반을 준비하고 있는데 귀선에게 포를 쏘고 쫓아오던 적의 배 세키부네가 배를 돌려 적진으로 돌아갔다. 그리고 처음 모습대로 진을 갖추고 대치했다.

"왜적이 겁을 먹고 달아났다. 공격! 총공격!"

원균이 자신의 대장선에서 소리쳤다. 우리 배가 움직이지 않자 원균이 악을 썼다. 원균의 대장선이 내가 타고 있는 대장선 가까이 와서 소리쳤다.

"적이 겁을 먹고 달아났는데 쫓지 않고 뭐 하는 겁니까?"

"적의 의도가 무엇인지 파악하기 전에 섣불리 공격할 수 없습니다."

"겁은 많아서… 출정은 왜 했습니까?"

원균이 내게 겁이 많다고 하니 어이가 없다.

원균은 허정에게 경상우수영만이라도 싸운다며 총공격 명령을 내리라고 했다. 허정은 원균의 부하이므로 경상우수영 수군을 이끌고 나갈 수밖에 없다.

허정이 사정거리에 들어가 포를 쏘자 포탄이 적의 방어막에 맞고 바다에 추락했다. 동시에 왜적의 배 고바야부네가 쏜

살같이 나오며 포를 쏘기 시작했다. 놀란 원균이 배를 돌려 달아났다. 허정도 후퇴 명령을 내렸다. 지켜만 볼 수가 없던 난 거북선과 귀선에게 공격하라는 북을 쳤다. 그러자 북소리를 들은 적이 배를 돌려 달아났다. 거북선이 쫓아가자 처음과 똑같은 진을 쳤다.

임진년
8월 18일

지휘관 회의는 난상토론爛商討論이 되었다. 어제 부산포를 공격했다가 아무런 성과도 올리지 못한 원균은 게거품을 물고 날 질타했다.

내가 거북선을 앞세워 적을 공격했으면 자신이 적진으로 치고 들어가 적을 섬멸했을 거라며 악을 써댔다. 박팽률도 이를 동조했고 원균의 지휘관들이 이에 동조했다.

"아군의 피해가 없으면 그걸로 됐습니다."

참다못한 이억기가 한마디 했다. 그러자 박팽률이 받아쳤다.

"좌수사와 같이 빠져있던 사람은 닥치시오!"

"절충장군! 나이가 많다고 예의를 갖췄더니 닥치라니. 내가 정삼품 당상관인데 종삼품 당하관이 감히,… 지금이 전시여서 내가 당하관 곤장을 칠 수 있다는 것도 모르시오!"

이억기가 박팽률을 가리키며 정색을 하자 갑자기 회의장이 숨죽인 듯 조용해졌다. 지금 회의장에 정삼품 당상관은 나와 원균 이억기 셋뿐이다.

"죄송합니다. 제가 잠시 너무 흥분해 직책을 잊고 있었습니다…"

박팽률은 원균과 동년배로 이억기보다 무려 열 일곱 살 위였다.

회의를 파하고 이억기에게 말했다.

"원수사 친군데 좀 심했던 것 아닌가?"

"여기서 싹을 자르지 않으면 뿌리가 굵어 나중에는 아예 자를 수도 없습니다."

이억기가 젊은 나이에 당상관이 된 데는 다 이유가 있다 생각되었다.

임진년
8월 19일

아무리 우리 수군이 부산포에 있는 적의 근처에서 찝적거려도 적은 진을 풀지 않았다. 놈들이 진짜 전쟁을 할 것인가가 의심스러웠다.

적의 진이 완고해지자 왜적의 전쟁물자 수급이 원활해 졌다. 전쟁물자는 육지의 적에게 보급되므로 왜적은 다시 전세를 가다듬었고 적의 수중에 있는 평양성은 더욱 완고해졌다. 또 인근에 진을 치고 평양성 탈환을 노리고 있는 우리 조선군에게는 큰 부담이었다.

이는 도저히 묵과할 수 없다. 난 어떻게 하면 왜적의 철통같은 방어선을 뚫을지 골몰했다. 그리고 방법을 찾았다.

"바람이다! 바람이 거세게 불면 적은 포탄을 막는 방어막을 펼 수가 없다."

임진년
8월 20일

강풍이 불기 시작했다. 비가 오면 더 좋다는 생각을 하게 되었는데 내 마음을 하늘님이 듣기라도 한 것인지 비까지 오기 시작했다.

전군에 출정명령을 내렸다. 그런데 원균은 비가 와서 출정할 수 없다고 했다.

이억기까지 비가 와서 포탄을 쏠 수 없으니 출정은 무리라고 했다. 바람도 너무 심해 배가 견딜 수 없는 처지였다.

우리 수군에게 의견을 무르니 세 무리로 나뉘어, 적극적인 출정, 안된다는 무리, 또한 무리는 이도 저도 아닌 중간이다.

이 출정은 적의 의중을 알 수가 없으므로 적극적인 무리 중에서도 내 말이라면 죽음도 불사하는 중부장 다섯을 골라 거북선 하나 귀선 둘 그리고 판옥선 다섯 척이 출정하기로 했다.

거북선과 귀선은 모두가 실내이므로 포를 쏠 수 있지만, 판옥선은 비가 오면 포를 쏠 수가 없으므로 그냥 전시용이었다. 근접전투에서는 활 공격이 쉬우므로 그냥 전시만은 아니다.

배를 몰아 부산진으로 향하니 전에 보던 때와 마찬가지로 적은 진을 유지한 채 그대로다.

우리가 근접하게 접근해 포를 쐈다. 적은 평소에 펼쳤던 대로 방어막을 펼치려고 했다. 그러나 강한 바람이 이를 용납지 않았다. 때를 노려 거북선이 일제히 포문을 올리고 포를 쐈다. 동시에 귀선도 포를 쏘기 시작했다. 진을 지키던 적의 작은 배 고바야부네가 우리 포 공격에 여럿이 부서지고 침몰하였다. 기세를 몰아 적의 중간크기의 배 세키부네로 다가갔다. 그런데 공격할 수 없다고 생각했던 적의 배 세키부네가 일제히 발포했다. 이해가 되지 않아 진격을 멈추고 생각했다.

우리가 비 올 때 포 공격을 가능하게 하려고 화약에 물이 들어가지 않게 한 것처럼 적들도 그러한 장치를 했을 거라는 생각이 들었다. 그렇다면 조총 공격도 가능하다. 더 이상의 공격은 우리 수군의 피해도 감수해야 했음으로 배가 부서지며 바다에 빠져 허우적거리고 있는 왜적 몇 놈을 건져 돌아왔다.

셋

화조풍월

花鳥風月

임진년 8월 21일부터
9월 9일까지

임진년
8월 21일

　비는 그쳤는데 안개가 자욱해 바로 앞도 분간할 수가 없다. 아침밥을 먹으려면 경상우수영으로 들어가야 하는데 원균과 밥상머리에서 마주하고 싶지가 않다. 몸이 아프다는 핑계로 선실에 남았다.
　단이 비상식량으로 싸준 누룽지를 바가지에 담아 끓는 물을 부으니 금방 구수한 숭늉이 우러났다. 숭늉을 마시려고 바가지를 기울이니 어두운 선실이므로 상대적으로 밝은 쪽에 있는 내 얼굴이 반사되어 숭늉에 비친다.
　"아!…"
　순간 저절로 짧은 비명이 났다. 숭늉에 비친 내 얼굴이 단이 그려준 내 얼굴과 똑같았다. 나는 비로소 단의 그림에서 풍기는 느낌이라는 것을 알았다.
　누룽지를 먹으며 단이라면 적의 진을 어떻게 무력화시킬 것인지 생각해보았다.

"이녁이 말하는 것은 전쟁놀이입니다."

"전쟁이 놀이라고?"

"바람을 알고, 물을 알고, 적을 알고, 나를 알고, 지지 않는 것, 그것이야말로 화조풍월花鳥風月 놀이입니다."

"그래도 전쟁을 화조풍월花鳥風月 이라고 표현하는 건…"

"이녁은 서방님 얼굴에서 느꼈습니다. 전쟁에서의 풍류風流를…"

이렇듯 단은 내가 하는 전쟁이 놀이라고 했다. 놀이는 즐거워야 한다.

어떻게 놀 것인지, 강강술래같이 여럿이 노는 놀이는 풍류가 뒤따른다.

전쟁도 혼자 할 수는 없다. 같이 노는 사람들에게서 적절한 추임새를 넣게 해야 하고, 적기에 넣고 있는지를, 거기에 즐거움(승리)까지 덧붙여야 한다.

나는 이 전쟁에서 누가 주인공인지 주인공이면 어떻게 놀기를 원할 것인지 생각했다. 결론은 왜적이다. 그들이 주인공이고 악기이고 기생이다.

즐겁게 놀기 위해서 주인공이 무슨 소릴 내는 악기를 준비했고 기생은 무슨 노래를 부를지 알아야 한다.

그때 단이 말이 떠올랐다. '잡아 온 왜적을 국 끓일 때 쓰시렵니까?' 난 바로 왜적을 잡아둔 배로 갔다. 왜적을 잡아둔 배의 감옥은 악취가 진동했다.

아직 하루밖에 지나지 않았는데 잡아둔 곳에서 생리처리를 했는지, 비가 와서인지 냄새로 인해 숨쉬기조차 힘들었다. 그리고 먹으면 싸니 어제 잡아 온 이후로 물조차 주지 않은 것 같았다.

단의 말이 다시 떠올랐다.

"가족을 먹여 살리기 위해 쌀 몇 말 또는 보리 몇 섬에 팔려 양반 대신 대리군으로 끌려왔지만 죽는 것은 누구에게나 공포입니다. 그래서 달아난 군졸을 잡아다 목을 베는 것도 살인입니다."

그렇다! 저들 중 조선의 대리군처럼 쌀 또는 보리에 팔려온 대리군들이 있을 것이다.

난 그들을 끌어내 갑판 위에서 바닷물로 씻기고 마른 옷을 입힌 뒤 밥을 먹였다. 그사이 수군에게 감옥 안을 청소시켰다. 밥을 먹이면서 놈들을 유심히 살폈다.

그중 밥을 먹으며 연실 떠들어대는 놈이 있다. 이는 쉽게 말을 할 놈이다. 말이 많다는 것은 말을 시키면 아무 말이 든지 하게 되고 그중에는 비밀도 있는 것이다.

놈을 대장선으로 데려왔다. 그리고 통역이 가능한 수군을 배석시켰다.

놈은 자신의 목을 자르기 위해 끌어온 줄 알고 몸을 떠는데 그 떨기가 얼마나 심한지 마치 일부러 흔드는듯한 모습이다.

나는 통역을 하는 수군에게 죽이려는 것이 아니니 안심하라고 일렀다. 하지만 놈은 나의 달램을 믿지 않고 계속 떨었다. 놈을 진정시키기 위해 바가지에 따뜻한 물을 떠 와 꿀을 한 숟갈 풀어 마시게 했다. 거기에 단이 간식으로 싸준 한과를 내놓으니 비로소 놈이 진정돼 떨지 않았다.

"왜, 너희들은 싸울 생각을 않고 처박혀있느냐?"

"왕(도요토미 히데요시)께서 절대 이순신과는 싸우지 말라는 명령입니다."

"그럼 전쟁을 접을 생각이냐?"

"그것이 이순신이 아닌 다른 조선 수군과 싸우라는 명령입니다."

"너희들은 나를 어찌 구분하느냐?"

"일단 돛에 휘호가 있고 거북선을 앞세웁니다."

난 원균이 내 휘호를 왜 굳이 사용하려 했는지 이해가 되었다.

나는 선실에서 골몰했다. 아무리 머리를 짜내도 적이 나와의 싸움을 포기했다면 뾰쪽한 방법이 없다.

나는 원균과 이억기를 불러 왜적이 부산진에 정박하고 나오지 않는 이유에 대해 말했다.

"이해가 됩니다."

이억기가 말하며 고개를 끄덕였다.

"그게 말이 됩니까! 좌수사를 피한다고요!"

원균이 언성을 높였다.

"그러면 원수사와 이수사가 출정을 해보면 알지 않겠습니까? 나중에는 내가 단독으로 출정해보죠."

원균이 씩씩대며 알았다고 했으나 이억기는 탐탁지 않아 했다. 원균이 자리를 박차고 나갔다.

"내가 뒤 책임을 질 테니 일단 출정을 하게."

내가 다독이니 이억기가 마지못해 수락했다.

임진년
8월 22일

전열을 가다듬은 이억기의 대장선이 앞장을 섰다. 뒤를 이어 원균의 판옥선이 따랐다. 당장이라도 앞서서 적을 섬멸할 것 같은 기개氣槪는 어디를 갔는지 원균의 대장선은 말미末尾에 붙어 따라간다. 나는 거북선을 앞세우고 원균의 대장선 뒤에 따라붙었다.

적은 지난번처럼 똑같은 진을 치고 있었다. 앞장선 이억기가 근접해 포를 쏘았으나 역시 적의 배 고바야부네 방어막에 막혔다. 동시에 고바야부네가 나오며 포를 쏘았다. 정세가 불리해지자 이억기가 배를 돌렸다. 그러자 원균도 포 한 번 쏴보지 못하고 배를 돌렸다. 내가 북꾼에게 공격 북을 치게 했다.

"둥둥둥둥둥"

북소리를 신호로 거북선과 귀선이 전면으로 나가자 고바야부네는 뱃머리를 돌려 달아나기 시작했다.

거북선이 쫓아가며 포를 쏘자 뒤에 받치고 있던 적 중간 크기의 배 세키부네가 앞으로 나서며 포와 조총 공격을 했다.

적의 사정거리에 들어서면 우리 피해도 피해 갈 수 없으므로 후퇴하라는 북을 쳤다. 그리고 내가 전면에 나섰다. 내가 탄 대장선이 다가가자 적의 배 세키부네가 일제히 배를 돌려 달아났다.

적의 배는 속도가 우리 배보다 빠름으로 따라잡을 수가 없었다.

임진년
8월 23일

이 상태로는 적의 진을 깨부술 수가 없으므로 출정할 수가 없다. 무턱대고 나가서 포 공격을 해보았자 대부분이 포탄이 바다에 수장되므로 이 또한 우리의 손해라 아니할 수가 없다.

화약은 반 이상이 명에서 수입하고 있어 나라 제정에 지장이 있다.

난 단이 말했던 싸움 놀이를 되씹어보았다. '이 놀이에 적을 어떻게 끌어들일 것인가.' 단이 옆에 있다면 조언을 구할 것이고 분명 해결책을 찾았을 것이다.

임진년
8월 24일

일본 수군이 부산포에서 버티므로 일본 육군의 기세가 살아나 평양성 싸움에서 명나라의 지원이 있었음에도 조선은 평양성 탈환에 실패했다.

조정은 사태의 심각성을 내게 알리기 위해 도원수 권율 휘하 당상관(정3품)을 전라좌수영으로 보냈다.

나는 어제 늦게서야 전라좌수영에 도착했는데 당상관도 있고 사태의 심각성 때문에 단과 말도 제대로 나누지 못하고 전라좌수영을 떠났다.

떠나기 전 차려진 아침 밥상이 쇠고기를 구워 올린 진수성찬이었는데 이 어려운 시기에 나라에서 도축을 관리하는 쇠고기를 어떻게 구했는지 신기할 따름이다.

배를 몰아 부산포로. 향했는데 노량에 이르니 원균의 배가 보였다. 원균이 노량까지 온 연유를 알아보니 내가 전라좌수영으로 도망을 온 줄 알고 따라온 것이다. 하도 어이가 없고 기가 차서 노량에 닻을 내렸다.

평양에 있는 조정에 도움이 되기 위해서는 어서 빨리 부산포에 있는 왜적을 섬멸해야 하는데 방법이 모호模糊하다. 답답함을 달래기 위해 선실 밖에 나가 갑판 위에 섰다. 선상에서 까만 하늘을 올려다보니 반달이 매우 밝았다.

임진년
8월 25일

새벽녘에 앞을 분간할 수 없게 안개가 심하더니 진시辰時가 되어서야 걷혔다. 원균의 군관들이 나를 따라다니며 감시하는듯하여 불편하다. 내가 우리 수군을 이끌고 경상우수영에 닻을 내리니 그제야 원균도 감시를 풀었다.

임진년
8월 26일

왜적을 상대로 어떻게 놀 것인가 정립했다. 왜적에게 노랫가락과 기생이 있으니 나는 춤을 추어야 한다. 조선 춤 중, 여름에 추는 춤으로서는 바람도 일고 자태도 고즈넉한 접부채(폈다 접었다 하는 부채)춤이 알맞다.

자! 부채를 펼치자— 아—
편, 부채를 흔드은다—아
그때, 부채질도 하지 않으면서—
바람만 얻어—먹는
불량인이 예—있다—아—
이리, 신나게 놀아봄에—
그 정도 아양 으은—
웃어, 우서어—넘어간다—아—.

(노래가락)

임진년
8월 27일

지휘관 회의를 하고 있는데, 절충대장 박팽률이 보이지가 않는다.

원균이 말하길 육지군인 박팽률은 바다에서의 싸움이 자신과 맞질 않아 육지에서 적들을 상대로 어찌 싸울 것인지 알아보기 위해 수하를 거느리고 경상좌수영 쪽으로 갔다고 한다.

내가 생각하기에는 조선의 군인은 육지에서 싸우면 육지군이요, 바다에서 싸우면 수군인데 굳이 육지군과 수군을 나뉘려는 이유가 무엇인지 그 뜻을 헤아리기가 어렵다.

나는 오전 지휘관 회의에서 처음으로 부채진에 관한 이야기를 꺼냈다. 춤을 추고 놀아보겠다는 말을 한 건 아니다. 단이 앞이라면 부채 바람에 노랫가락도 실어 보내고 전쟁놀이를 같이하며 춤추고 놀아도 볼 것이다.

그러나 이들에게 전쟁을 즐기고 놀아보겠다 하면 무슨 뜻인지 알아듣지도 못한다. 그리고 전쟁의 실패는 죽음이다. 그러므로 이 전쟁에서 놀고 즐긴다는 표현은 쓸 수가 없다.

임진년
8월 28일

 어제 경상좌수영 쪽으로 간 박팽률이 왜적과 육지전을 벌여 수십 명의 적을 척살하고 돌아왔다. 그의 승리 소식에 경상우수영은 축하 분위기다.
 원균이 또 잔치 얘기를 꺼냈다. 내가 출정을 앞두고 잔치는 안된다고 했다. 잔치를 강행하면 난 경상우수영에서 철수하겠다고 했다. 그러자 잔치 얘기가 더는 언급하지 않았다.
 언급만 없지 노는 것과 덥추(모든 기생의 통칭)의 치마폭을 뒤지는 데는 타의 추종을 불허하는 원균이다. 그래서였는지 꿈자리까지 뒤숭숭했다.

 꿈속에서 부채춤에 흥이나 왜적이 신명 나게 놀고 있는데 나까지 어울려 춤을 추니 아주 괴기했다. 기분이 매우 어지러워 아침밥을 먹는데 모래를 씹는 기분이었다. 숭늉을 마시며 생각하니 꿈이 나쁜 것 같지는 않다. 난 왜적과 놀기로 하였고 같이 어우러져 즐겁다는 것은 내가 벌인 잔치에 왜놈들도 죽이 맞아 돌아간다는 것이고, 이는 내 작전이 성공했다는 뜻도 된다.

임진년
8월 29일

 전라우수영 이억기와 출정하기 전 부산포 출정의 예행연습을 했다. 원균에게 총출정을 하기 위한 연습이니 참여하라고 했다. 그는 전쟁에 무슨 연습이 있느냐며 콧방귀만 꼈다. 어차피 그가 연습에 들어오면 방해만 될 뿐이다. 그래도 예의상 같이하자고 한 것뿐이다. 만일 이러한 조치도 하지 않고 작전을 펼쳤다가 전쟁이 끝난 뒤 그가 잡을 트집을 방어하려는 방법일 뿐이다.
 왜적이 있는 부산포에 가 연습한 부채진을 펼쳐보았다. 왜적이 방어막을 치고 대비함이 요전과 같다. 적의 진을 확인하고 꼼꼼히 수기하고 돌아와 이억기와 함께 내일 출정에 대해 심도 있게 논의했다.

임진년
9월 1일

아침 해를 바라보며 출정에 나섰다. 부산포에 이르러 부채진을 폈다. 연습한 대로 삼열 종대로 길게 늘어섰다.

왜적은 어제 우리가 부산포로 연습하러 왔을 때 고바야부네가 방어막을 펼쳤다. 그런데 우리가 별 공격도 없이 그냥 돌아갔으므로 크게 신경도 쓰지 않았다.

나는 어제 허정에게 내가 진을 치면 뒤따라 우리 오른쪽 열과 같이 늘어서라고 했다. 허정이 우리 오른쪽 열 맨 뒤쪽에 섰고 그 뒤에 원균이 섰다. 원균은 평소대로 제일 안전한 곳에 자리를 잡은 것이다.

"두둥 두둥 두둥!"

약속한 대로 우리 북 꾼이 북을 치자 이억기가 귀선을 앞세우고 일렬종대로 왼쪽으로 나갔다.

그런데도 고바야부네는 전면의 거북선을 향해 꼼짝도 하지 않고 방어막을 움직이지 않았다.

"둥 둥 둥 둥 둥 둥."

내가 진을 펼치라는 북을 치자 이억기와 허정이 고바야부네 오른쪽으로 가며 부채모양으로 진을 펼쳤다.

"둥둥둥둥둥둥."

북꾼의 북소리가 빨라졌다. 동시에 이억기 전면의 귀선이 고바야부네의 측면을 향해 포 공격을 했다. 곧이어 이억기의 수군들도 같이 포를 쐈다.

왜적은 포 공격에 방어막을 왼쪽으로 돌렸다.

"챙챙챙챙챙챙"

꽹과리꾼이 빠르게 꽹과리 쳤다. 오른쪽에 있던 허정이 귀선과 함께 포 공격을 시작했다. 왜적은 고바야부네 양쪽이 공격을 받자 당황했다.

적의 방어선 고바야부네가 우왕좌왕하자 뒤에 버티고 있던 중간 크기의 배 세키부네가 양쪽으로 나뉘어 포 공격을 시작했다. 나는 이때가 부채놀이의 백미라 생각했다.

"자! 이제 신명 나게 놀아보자!"

―둥둥둥둥둥―

빠르게 북을 치며 거북선이 앞장서 나아갔다. 뒤 따르는 배들은 자연스럽게 부채모양이 되었다. 앞장선 거북선이 거침없이 적진 속으로 들어가 맨 앞의 세키부네를 치받았다. 불솔방울 공격이 이어지자 세키부네는 불길에 휩싸였다.

그런데 치받았던 거북선 머리가 적의 세키부네에 박혀 빠지지를 않았다. 나는 전체 우리 수군에게 포 공격을 명령했다. 나는 대장선 포병에게 거북선 머리가 박힌 세키부네부터 공격하라고 했다. 거북선 머리가 박힌 세키부네가 포를 맞고 부서지자 비로소 거북선 머리가 빠졌다.

삼면에서 부채가 바람을 일으키듯 공격하니 전면을 막고 있던 고바야부네와 세키부네는 모조리 침몰되었다.

자신들이 쳐놓은 이중방어선을 조선수군이 통과하지 못할 것으로 생각했던 적의 대장선 아타케부네는 고바야부네와 세키부네가 궤멸하자 배를 돌려 달아나기 시작했다. 나는 공격을 늦추지 않았다. 적은 아타케부네를 부산포에 버리고 모두 육지로 달아났다.

그때 부산포 육지에 진을 치고 있던 왜군이 이 상황을 보고 포 공격을 시작했다. 그 들이 쏘는 포는 경상좌수영에 빼앗은 조선의 포였기에 그 사정거리가 우리와 같았다. 계속 공격하면 우리의 피해도 있을 수 있어 공격을 멈췄다.

뒤늦게 나타난 원균이 부산포에 상륙해 공격하자고 했다. 나는 가려면 경상우수영이나 가라면서 배를 돌렸다. 원균이 똥 씹은 얼굴을 했다. 난 우리 수군에게 전리품을 챙기게 한 후 눈에 보이는 왜적의 배를 모조리 불태웠다.

경상우수영에 돌아왔는데 부관 나대관이 내게와서 말하길 발포만호 정운이 적의 총탄에 맞아 전사했다 한다. 가슴이 찢

어지는 슬픔을 말로서 표현할 수가 없다.

임진년
9월 2일

우리는 왜적의 보급로를 완전히 끊었다.

내가 부산으로 향하는 바닷길을 막아버리니 왜적도 이제는 본국에서 오는 물자를 받지 못해 사기가 바닥을 쳤다. 종종 들려오는 소문에는 우리 조선의 육지군도 정렬을 가다듬어 왜적과 싸움에서 서서히 승기를 잡아가고 있다 한다.

임진년
9월 3일

전기도 안정되고 왜적도 더 이상 바다에서의 싸움을 하려 하지 않으니 난 최소한의 탐색선만 남기고 전라좌수영으로 철수하기로 했다.

원균은 전쟁이 소강상태에 이르자 경상우수영에서 우리 병사들이 기거하며, 입고 먹는 것에 대해 크게 부담을 느꼈다.

난 우리가 왜적에게서 빼앗은 전리품으로 우리 군사들이 자급자족한다고 생각했으나 원균은 부산포에서 빼앗은 전리품은 경상우수영 것이라는 억지를 부렸다.

임진년
9월 4일

우리 수군들이 경상우수영 텃세에 힘들어함으로 난 전라좌수영으로 철수 하기로 했다.

원균은 왜적이 사기도 떨어지고 바다에서는 공격할 생각조차 없으므로 너희들은 가든지 말든지 마음대로 하라는 식이었다.

내가 떠나야만 원균은 기생도 데리고 오고 질펀하게 놀 수 있다.

임진년
9월 5일

회항을 결정하고 허정을 불렀다. 나는 허정에게 경계를 게을리하지 말라고 당부했다. 그런데 허정이 태도가 전과 같지 않다. 말은 없었지만 왜 전라좌수영에서 경상우수영 간섭을 하냐는 무언의 시위 같은 것이 보였다.

그놈(원균)이 그놈(허정)이다. 허정은 그동안은 나의 기개氣槪에 크게 감화되었으나 실상 왜적과 싸워보니 왜적이라는 것이 별것 아니고 싸우면 그냥 이기는 잡색군(비정규군)이라고 생각한 것이다. 참으로 어이없는 인사라 아니할 수 없다.

내가 대장선으로 돌아가려는데 박팽률도 나와 가겠다고 한다. 연유를 물으니 세자가 내게서 해전을 배워두라고 했다고 한다. 전에도 피력했지만, 육지군이 왜 수군의 싸움을 배우려 하는지 이해할 수가 없다. 그러나 세자의 뜻이라 하니 이 또한 거부할 수가 없다.

나는 얼마 전 질임과 박팽률이 별관에서 있었던 소란을 생각했다. 이는 그가 뭐라고 언급은 없었지만 뭔가 질임과 약조를 한 것이 틀림없다.

 전라좌수영에 도착하니 백성들이 부산포해전의 승리 축하를 위해 모였다.

 이번 전투에서 우리 쪽의 피해는 전혀 없고 많은 전리품이 있으므로 축하를 마다할 리 없다.

 지휘관들에게 축하잔치를 허락하고 난 동헌으로 가 밀린 공무를 보았다.

 오랜만에 내방에서 단이 차린 저녁상을 받았다.

 "생선국이 아주 시원하고 그 맛이 기특하군."

 단이에게 서먹함을 덜기 위해 내가 먼저 입을 열었다. 진짜 국맛도 좋았다.

 "복국입니다."

 "아! 그 독이 있다는 생선, 설마 독 맛을 이녁이 본 것은 아니겠지?"

 "수기를 준비하겠습니다."

 나의 농에도 단은 자기 할 말만 한다. 그간 있었던 좋지 않은 여러 사달 때문에 우리 사이는 서먹했다. 나는 전쟁 중에도 틈틈이 적은 서기를 단에게 주었다. 단이 서기를 건네받으며 말했다.

 "오늘은 예서 자겠습니다."

"응? 아!"

난 그제야 박팽률이 같이 왔다는 것이 생각났다. 백성들의 환호에 도취하여 그가 같이 왔다는 것을 깜박 잊고 있었다.

지난번, 이곳을 떠나기 전 박팽률과 질임은 뭔가를 약조한 것이 틀림없다. 내가 돌아올 때 박팽률도 같이 오겠다는 약조가 있었을 것이다.

하지만 친구 예종엽이 질임과 같이 있다가 비명횡사했고 또 그녀는 잠시나마 예종엽의 여자였다. 그에게는 그조차도 아무 상관이 없는지 도무지 이해가 되지 않았다. 나는 만반의 태세를 갖췄다. 이번만큼은 절대 지난번과 같은 사고가 재현돼서는 안 된다.

음식이 짜면 먹지 않을 것이며 자리끼 또한 우물에서 내가 직접 떠다 먹는다. 이건 확고한 신념이다. 난 갑자기 졸음이 몰려왔다. 졸음을 쫓기 위해 단에게 물었다.

"지난번 내가 좌수영에서 하룻밤을 잤을 때 아침상에 쇠고기 반찬이 푸짐해 놀랐네. 소는 나라에서 관리해 함부로 도축할 수 없는데 그 고기는 어디서 났는가?"

"그 고기는 소가 아닌 말고기입니다."

"뭐! 말? 말고기라면…."

"지난 사달 때 죽은 말입니다."

"그때가 언제인데 썩고도 남을 시간 아닌가?"

"흐르는 바닷물에 담가놓으면 짠기 때문에 고기는 상하지 않습니다".

"그러면 짜서 먹을 수가 없지 않은가?"

"짠기는 다시 맹물에 담그면 빠집니다."

"말고기가 소고기와 그 맛이 같은가?"

"말이나 소나 먹는 것이 같으니 그 고기 맛도 별반 다르지 않습니다."

임진년
9월 6일

"서방님!"

꿈에 단이 날 불렀다. 날 부르는 소리가 얼마나 선명한지 꿈 같지가 않다.

"서방님! 일어나보셔요."

"으, 응…."

꿈이 아니다. 단이 날 깨우고 있다.

"뭐야! 서기가 끝났나?"

몸을 추스르는데 단이와 말고기 얘기를 한 후 기억이 없다.

"별채로 좀 가 보셔야 할 것 같습니다."

"별채는 왜?"

순간 등줄기에서 싸한 기운이 흘렀다. 예종엽이 죽었을 때와 같았다. 나는 별채로 가며 빨랫줄이 있는 쪽을 쳐다봤다. 아무것도 없다. 놀란 가슴을 쓸어내렸다.

"그쪽이 아닙니다."

다시 머리가 쭈뼛해졌다. 예종엽이 죽었을 때와 같은 느낌이다. 박팽률은 질임의 방에서 죽었다. 시체는 홑이불이 머리까지 씌워있었다. 질임은 곁에 옷을 갖춰 입고 앉아있다.

"어찌 된 사달인가?"

내가 먼저 입을 뗐다. 단이도 질임도 입을 열지 않는다.

"어찌 된 사달인지 묻지 않았나?"

그래도 누구도 말을 하지 않는다. 내가 다시 말을 하려 하자 질임이 말문을 열었다.

"복상사입니다."

"복상사?"

"네 흘레(성관계)중 갑자기 가슴을 움켜쥐고 쓰러지셨습니다."

"그랬으면 그때 바로 불렀어야지!"

"너무 당황해 어찌할 수가 없어 이걸에게 알렸습니다."

"그런데 내가 깨지 않았다고?"

"이걸이 왔고 수사님께서 주무시고 계신 관계로… 지금에서야…"

이건 아니다. 아닌 것이, 뭐든 한 번이면 그건 우연이다.

그러나 똑같은 일이 두 번이면 필연이다.

누군가에 의해서 만들어졌다는 것이고, 그것은 단이 모녀가 만들었다는 뜻이 된다.

박팽률이 도착하기도 전에 두 사람은 계획을 짰다. 박팽률은 두 사람에 의해서 죽임을 당한 것이다. 이건 묵과할 수 없다. 그런데 질임이 단을 부르는 소리에 왜 나는 깨지를 않았을까?

나는 자리끼도 먹지 않았다. 그런데 졸음이 왔고 예종엽이 죽었을 때처럼 단이 깨워야 일어날 만큼 푹 잠들었다.

그렇다면 나는 또 조름나물 물을 마셨다는 얘긴데 언제 어떻게 그 물을 마시게 되었다는 말인가?

경상우수영에서 원균이 수사 군관을 대동하고 전라좌수영으로 직접왔다.

전라좌수영에서 두명의 절충장군이 죽었고, 그 죽음에는 한 여자와 연관이 되어있다. 원균은 문제의 여자가 단이 어미라는 것에 분노했다.

임진년
9월 7일

원균의 수사 군관과 우리 쪽 수사 군관 모두 복상사라는 결론을 내렸다. 그런데 장례는 치를 수 없었다. 절충장군 두 명이 졸지에 죽자 세자가 수사 군관과 의원을 보내 진상이 확인되기 전까지 장례를 치르지 말라는 칙서를 보냈다.

임진년
9월 8일

  세자가 파견한 의원과 수사 군관은 죽은 박팽률을 유심히 살폈다. 그러나 이미 죽은 지 사흘이 지났다. 거기다 가을이라고는 하나 낮은 대단히 뜨겁다. 부패가 시작된 시체의 상태가 좋을 리가 없다.
  "이수사님 절충장군과 흘레붙었던 년을 경기감영으로 압송해야겠습니다."
  의원과 같이 온 수사 군관이 말했다. 경기감영은 지금 세자(광해군)가 있는 곳 용인성이다.
  "압송이라니 질임댁이 절충장군 죽음과 관련이라도 있단 말인가?"
  "그거야 데리고 가서 심문하면 답이 나오겠지요."
  나는 그말에 소름이 끼쳤다.
  내 할아버지(이백록李百祿)는 나라에서 뽑는 과거와는 인연이 없었다.
  겨우 줄을 대 들어간 것이 평시서 봉사(종8품)다. 그마저도 몇 해를 지키지 못하고 파직되었다.

  그 후 아들 이정李貞(이순신 아버지)의 혼례를 치르게 되었는데, 혼례를 앞두고 나라에 국상(중종임금)이 났다. 혼인 날짜를 잡아놓은 상태여서 긴 국상이 끝날 때까지 혼인을 미룰 수 없었다. 그래서 할 수 없이 혼인을 강행했다.

  이것이 화근이 되었다. 할아버지李百祿는 국상 중 혼인을 치렀다는 죄목으로 의금부에 끌려갔다.

  심문 중 술과고기(주육설판酒肉設辦)를 먹었다는 죄목이 추가되었다. 심한 매질을 견디지 못한 할아버지李百祿는 잔칫상에 술과 고기를 올렸다고 허위자백을 했다.

  국상 중 술과 고기를 먹는 것은 큰 죄다. 결국, 우리 가문은 국상 중 혼인을 하고 술과 고기를 먹었다는 죄목으로 녹안錄案(죄인명부)에 올려졌다.

  조상이 죄인명부에 오르면 그 가문은 과거를 칠 수도 벼슬길에 오를 수도 없다.

  나중에 (명종1년) 아버지(이정李貞)께서 할아버지李百祿의 억울함을 의정부에 상소했다.

  '아버지李百祿가 국상 중 혼례를 올린 것은 사실이나 혼례에 술과 고기는 없었습니다. 조사하여 잘못된 것을 바로잡아 녹안錄案에 올라간 죄명을 지워주십시오.'

  상소를 접한 의정부는 할아버지李百祿의 주육설판酒肉設辦사건을 다시 조사했다. 처음 죄를 다룬 곳은 경상감영이었는데 감영이 있던 상주는 어머니(초계변씨草溪卞氏)의 친정이다. 외할아버지가 상주의 큰 부자였는데 나중에 뱀밭(아산)으로 옮겨 자리 잡았다.

조사결과 할아버지李百祿가 혼인 때 술과 고기를 먹은 사실이 없음이 밝혀져 녹안錄案에 올라간 죄명(주육설판酒肉設辦)을 지워 후일 내가(이순신) 무과 시험을 치를 수 있게 되었다.

질임이 압송되면 어떤 고문이 어떻게 자행될지 모른다. 거기다 질임은 여자고 노비신분이다. 관청은 없는 죄도 만들어 내는 것이 조선의 현실이다. 그녀의 목숨은 나라(세자)님이 본다면 파리목숨만큼 하잖은 것이다.

임진년
9월 9일

난 세자께 질임의 압송에 대한 부당함을 호소했다. 그리고 그에 관한 답을 기다리고 있다.

"이렇게 어미가 끌려가게 두시렵니까?"

"이건 내가 결정할 수 있는 문제가 아닐세."

"진정 나리의 장모라도 이렇듯 손 놓고 기다리십니까?"

사실 난 질임이 범인이 아니라는 확신이 없었다. 내게 확신이 있었다면 난 전라좌수사 자리를 걸고라도 질임의 압송을 막을 것이다.

"알고 있습니다. 나으리께서 쇤네와 쇤네 어미의 살인에 대한 의심이 가시지 않았다는걸."

단은 박팽률이 출정전 별채에서 질임과 약간 소란이 있었던 것을 피력했다.

박팽률은 단과 나와 엮인 관계를 죽은 예종엽에게서 들어 모두 알고 있었다. 두 사람은 나를 파직시키고 전라좌수영을 차지하고 단을 차지하려는 계획을 세웠다. 그런데 그 약속을 한 예종엽에게 질임이라는 변수가 생겨 경상우수영으로 돌아가지 않았고, 예종엽은 결국 비명횡사했다.

박팽률은 혼자서라도 그 꿈을 이루고 싶었다. 그런데 그마저 수사하는 과정에서 질임에게 반한 것이다. 질임이 말했다. 부산포에서 돌아오면 박팽률의 수청을 거절하지 않겠다고. 이 이야기는 비밀이라서 원균에게까지도 하면 안 된다는 조건이 붙었다. 전에도 피력했지만, 수컷이라는 것들은 암컷을 품기 전까지는 절대 그 비밀을 공조하지 않는다. 많은 암컷을 차지한 놈일수록 그 집착은 더 강하다.

"이야기의 중점은 뭔가?"

"내가 살기 위해 상대를 죽일 수밖에 없다는 겁니다."

"그렇다면 박팽률도 두 사람이 저지른 살인인가?"

"어미는 그날 제게 복어를 구해오라고 했습니다."

단은 즉답을 피하고 복어 얘기를 했다.

"내가 묻는 것은 살인 공모야."

"복어는 알과 내장 머리 껍질 지느러미 등을 완전히 제거해야 독에서 벗어납니다."

"지금 살인과 복어가 관계가 있다는 뜻인가?"

"어미는 복어 내장을 세신과 같이 넣고 끓였습니다. 생선의 비린내를 없애기 위해섭니다. 그리고 그 물을 어미 가슴

등 여자 중요 부위에 발랐습니다."

"독인데 바른 사람도 위험하지 않은가? 끓이면 독성이 없어지나?"

"복어 독은 끓여도 독성이 없어지지 않습니다. 몸에 바르면 진통 효과가 있을 뿐 죽진 않습니다."

"요점이 뭔가?"

"박팽률은 어미 가슴 등 중요 부위를 혀로 핥았습니다."

"그만!……. 더는 설명 안 해도 알겠어."

난 두 손바닥을 내밀고 흔들며 말했다.

"핥아서는 죽지 않습니다. 마비만 옵니다."

"그렇다면?"

"어미가 온몸이 마비된 박팽률을 눕히고 복어 끓인 물을 코를 잡고 먹였습니다."

말하는 단이 눈이 나와 정면으로 마주쳤지만 피하지 않았다.

"나를 재워놓고 이녁도 가서 거들었는가?"

"일을 치르고 어미가 불렀습니다…."

"난 어떤 물도 먹지 않았는데 왜 졸렸던 것인가?"

"복국에 조름나물을 넣고 끓였습니다."

"그냥 맑은 국이었어!"

"나물을 건져 내지 그냥 뒀겠습니까?"

임진년
9월 10일

 하루 전 보낸 공문에 세자가 답하길 사안이 심각하므로 일단 질임을 압송하고 자신이 친히 심문해 죄가 없으면 돌려보내겠다고 했다. 나는 세자가 비록 어리지만, 그 생각하는 것이 크고 깊으므로 희망을 품었다. 그러나 질임은 진짜 살인을 했다.

 "이수사님! 이수사님!"

 점심때가 되어 밥을 먹으러 왔는데 나를 찾는 소리가 크고 거칠다. 마루로 나가보니 경기감영에서 온 수사 군관이었다.

 "무슨 일인가?"

 "별채에 있던 죄인 년이 사라졌습니다."

 "뭐라고?"

 난 별채와 부엌 객관 등을 뒤졌다.

 "소용없습니다. 갈만한 곳은 다 찾아봤습니다."

 "이걸! 이걸!"

 "그년도 없습니다. 함께 달아난 것이 틀림없습니다."

"말조심해라! 이 걸은 내 사람이다."

"송구합니다. 사안이 매우 급박해 실언했습니다."

하루가 지나고 다음 날 저녁이 돼서 단이 혼자 돌아왔다.

"어찌 된 일인가?"

"어미를 찾아보았으나 그 어디에도 없었습니다."

"지금 어미를 찾아다녔다는 건가?"

"네!"

"어미가 어디 간 줄 알고 찾아?"

"이녘의 감색 치마 하늘색 저고리가 없어졌습니다."

"도망가는 여자가 눈에 잘 띄는 치마저고리를 입고 달아나?"

난 단이 거짓말을 한다고 확신했다. 그리 눈에 잘 띄는 옷이라면 몇 리 도망가지도 못하고 잡혔을 것이다. 이건 단과 질임의 자작극이다.

단이 돌아왔다는 얘길 듣고 경기감영 수사 군관이 들이닥쳤다. 그러나 단의 입에서는 나에게 한 말 이외에 어떤 말도 들을 수가 없었다.

수사 군관은 단을 내일 날이 밝는 대로 추국한다고 했다. 그러나 단이 내 첩이기에 옥에 가두겠다고 하지는 못했다.

넷

도토리나무

임진년 9월 11일부터

9월 24일까지

임진년
9월 11일

"이수사님! 이수사님!"

아침을 먹고 있는데 군관 송일성이 들어와 소리쳤다.

"무슨 일이시어요?"

시중들던 단이 대청으로 나가 연유를 묻는데 대답을 하지 못한다. 나는 직감적으로 무슨 사달이 났음을 알았다.

"무슨 일이냐?"

숟가락을 놓고 마루로 나갔다.

"잠시 같이 가 보셔야 할 것 같습니다."

"지금?"

"아침진지 중이셔요."

그런데 송일성이 우물쭈물하며 단의 눈치를 살핀다.

"혹여 제 어미 일입니까?"

고기를 잡기 위해 단이 파놓은 웅덩이에 하늘색 저고리 감색 치마를 입은 여자가 엎어져 죽어있었다. 그 옆에는 죽은 잡고기가 한데 섞여 있다. 소문을 듣고 여러 사람이 웅덩이를 에워싸고 있었다.

단이 시체로 다가갔다. 그리고 시체를 뒤집었다.

"악!— 으악!— 우엑!—"

시체의 모습에 주위 사람이 비명을 지르거나 헛구역질을 했다. 시체의 얼굴은 고기들이 뜯어 먹었는지 얼굴의 형태를 도저히 알아볼 수가 없었다.

단이 시체로 다가가 두 손으로 시체의 얼굴을 어루만졌다. 주위 사람이 뜯어말리려 했으나 단이 뿌리쳤다. 그 모습이 어찌나 애절한지 모두 할 말을 잃었다.

수사 군관은 질임이 달아난 것이 아니라 자살했다고 결론지었다.

하늘색 저고리와 감색 치마 때때옷, 이승에서 마지막으로 입고 싶었던 자살하기 전 질임의 예복이었다. 단이 하도 시체에서 떨어지지 않자 사람들이 단을 억지로라도 시체와 격리하려 했다. 단은 질임의 시체 위에 기절해있었다.

단을 내방으로 옮겼다. 질임의 시체는 단이 깨어나면 화장하기로 해 멍석 위에 옮겨놓고 가마니를 씌어놓았다.

단이 충격이 컸든지 아니면 엊그제 종일 질임을 찾으러 돌아다녀 기운이 빠졌던 건지 깨어날 줄 몰랐다. 난 단이를 지켜보며 측은지심惻隱之心으로 가슴이 미어졌다.

임진년
9월 12일

아직 닭도 울기 전이었는데 단이 몸을 추스르고 일어났다. 나는 뭔가 말을 걸려다가 딱히 할 말이 없어 그냥 자는 체했다.

단이 일어나 나가 부엌 쪽으로 갔다. 보름이 가까워 거의 만월이라 달빛이 밝아 단의 행적을 추적하기가 쉬웠다.

단이 부엌에서 이 각쯤 있다가 나왔다. 그제야 점례와 세옥이 아침밥을 지으러 나오다 단과 마주쳤다.

"여그 우짠일여라 조반은 우덜이 할것잉께 싸게 들어가랑께."

점례의 닦달에 단은 대답 없이 조그만 보퉁이를 들고 내 방으로 들어왔다. 그리고는 벽장문을 열고 또 뭔가를 챙겼다. 나는 먼저 들어와 짐짓 자는척했다.

단이 나가자 난 눈치채지 않게 그녀의 뒤를 밟았다.

굴뚝 연기와 옅은 안개가 섞인 연무를 타고 걷는 단의 모습이 말로 표현할 수 없이 애처로웠다. 단은 엄마 질임의 시체로 갔다.

단이 시체를 덮어놓은 가마니를 젖혔다. 단이 질임 시체를 잠시 내려다보더니 가지고 온 보퉁이들을 시체 옆에 내리고 앉았다. 그리고 그냥 그렇게 앉아있었다. 서서히 날이 밝아오자 보퉁이를 풀어 뭔가를 꺼냈다. 그리고 시체를 열심히 주무르며 뭔가를 만들었다. 난 단의 등 뒤쪽에 있었기에 단이 뭘 만드는지 알 수 없다.

내가 지척에 있는데도 신경을 쓰지 않는 것인지 아니면 하는 것에 몰두한 것인지 내 존재는 염두에도 없었다.

뭔가를 다 만들었는지 내방에서 가지고 온 보퉁이를 펼치자 이미 날이 밝아 그것이 그림을 그리는 도구와 홑이불이라는 것을 금방 알 수 있다.

단은 그림 그리는 도구를 꺼내 물감을 섞었다. 그리고는 자신이 만들어놓은 것에 무언가를 열심히 그렸다.

모든 것이 끝났는지 단은 자신이 가지고 온 홑이불을 펼쳐 질임의 시체 머리끝까지 덮어주었다. 그리고 바람에 날리지 않도록 홑이불 가장자리를 큰 자갈을 주워다 눌러주었다.

단이 보퉁이를 챙겨 동헌 쪽으로 발길을 돌렸다. 바로 내 옆을 지나가면서도 내게 눈길 한번 주지 않고 그냥 지나쳤다. 난 단의 이러한 행동이 이해가 되지 않았다. 하지만 그보다 더 궁금한 것은 단이 지어미 시체에 무엇을 한 것인가였다.

난 시체로 다가가서 짓누른 자갈을 치우고 홑이불을 젖혔다. 그곳에는 자는 질임이 있었다. 그 그림이 얼마나 정교한지 진짜 자는 모습이었다. 단이 준비한 것은 밀가루 반죽이었다. 밀가루 반죽으로 상한 질임의 얼굴을 다듬고 채색한 것이다.

임진년
9월 13일

  단은 어제 큰돈을 들여 도토리 열매가 열리는 나무(참나무) 장작을 사들였다. 나는 왜 굳이 도토리 열매가 열리는 나무 장작을 사들이는지 알 수는 없었다.
  단은 도토리나무 장작으로 계단을 만들 듯 차곡차곡 쌓았다. 그 위에 질임의 시체가 들어있는 관을 올리고 불을 지폈다. 불길은 순식간에 도토리나무 장작을 태우고 관 전체에 휩싸였다.
  그런데 신기하게도 도토리나무 장작은 연기가 거의 나지 않았다. 관을 태우는 냄새 또한 역하지 않았다. 오히려 향긋했다. 나는 도토리나무 타는 냄새가 이런 향긋한 냄새가 난다는 것을 이때 처음 알았다.
  단은 어미의 마지막 모습이 역하고 더럽다는 느낌으로 남기고 싶지 않았다. 그래서 탈 때 연기도 거의 나지 않고 향기가 좋은 도토리나무 장작을 구해 어미를 보낸 것이다. 질임은 그렇게 하얀 연기가 되어 푸른 하늘로 날아갔다.

임진년
9월 14일

경기감영에서 공문이 도착했다. 질임의 자살로 마무리가 된 줄 알았던 예종엽 박팽률 두 절충장군 죽음에 관한 의혹을 풀어달라고 원균이 세자에게 상소했다. 그렇지않아도 어미를 잃고 상심에 빠져있는 단에게 뭐라고 할지를 몰라 고심했다. 그런데 눈치가 빠른 단이 이미 이를 알고 있었다.

"이녁이 경기감영으로 가 세자저하를 배알하겠습니다."

"이건 단순 배알이아니야. 반은 죄인이야."

"그 대신 이녁은 관비가 아닌 서방님 첩으로 가겠습니다."

"그게 무슨 의미가 있나? 모두 이녁을 내 첩으로 알고 있는데."

여기서 내 첩이란 것은 이미 관비의 신분을 벗어났다는 뜻이다.

"그건 명목상이고 실상 이녁은 면천免賤을 하지 못 해서 유사시有事時 다시 관비가 됩니다."

그랬다. 단이 관비인 이상 혹여 내게 무슨 일이라도 생기면 단은 다시 관비 신분이 된다. 나는 전라좌도의 행정 및 말단 벼슬아치의 임명권을 가지고 있기는 했으나 관노비官奴婢의 면천 여부는 나라님의 권한이다. 단은 세자에게 가 스스로 면천을 받겠다고 했다.

나는 왜 원균이 단을 물고 늘어지는지 알 수가 없었다.

"원래 전라좌수영은 원수사가 발령받아 잠깐 근무했습니다."

"알아! 조정의 반대가 심해 파직되고 내가 대신 발령받았지."

"그 일로 원수사가 앙심을 품었지요."

"내가 발령받은 거와 원수사와는 아무 상관이 없어."

"과연 원수사도 그렇게 생각할까요?"

나는 정읍 현감(종육품)으로 있을 때 전라좌도수군절도사(정삼품) 품계를 받았다. 원래는 원균이 발령받은 자리였다. 그런데 당시 원균의 소문이 아주 나빴다. 그래서 서애(유성룡)의 천거로 내가 발탁되었다. 그런데 현감에서 절도사는 일곱 품계를 뛰어넘는 파격적인 승진이다. 때마다 뇌물을 먹여 뒷배가 든든했던 원균은 내가 자신보다 더 큰 뇌물을 먹여 자신을 밀어내고 전라좌도수군절도사가 되었다고 단단히 오해했다. 그런 관계로 원균이 내게 앙심을 품고 있었다. 경상우수영의 배를 모두 침몰시키고 피난 왔을 때 내게 도움을 받았으므로 불편한 내색을 하지 않았을 뿐이다.

이제 전쟁은 소강상태에 이르렀다. 단과 질임이 결부된 살인사건이기에 이 기회가 날 끌어내릴 수 있는 절호의 기회다. 내가 파직되고 원균이 전라 좌수사로 옮겨 앉는다면 최소한 왜적과 정면 대치하는 위험에서 벗어나는 것이다.

임진년
9월 15일

　단이 경기감영으로 가기 위해 나섰다. 생각 같아서는 내가 함께하고 싶었으나 그녀는 반은 죄인의 신분이었기에 함께할 수가 없다. 그런데 단의 짐이 너무 많다. 말 한 마리를 내어줘 짐을 싣게 했다. 말은 군관이 관리하므로 군관 송일성에게 군졸을 인솔해 같이 가라고 했다. 송일성은 단이 비록 관비의 신분에서 첩이 되었지만, 그동안 단이 보여준 언거조言擧措(말과행동)에서 그녀가 비범하다는 것을 충분히 알고 있었다. 난 송일성에게 서찰을 쥐여주고 단이 경기감영에 도착하면 건네라고 당부했다.

임진년
9월 16일

단이 경기감영으로 떠나자 내 일상은 무미건조無味乾燥했다. 방에 있으면 금방이라도 단이 문을 열고 들어올 것만 같다. 일상을 읊으면 바로 비단에 수놓듯 야록이 메꿔질 것만 같다. 난 야록을 쓸 시간에 단에 대한 그리움을 떨쳐버리기 위해 거북선을 주조하고 있는 곳으로 발걸음을 옮겼다. 거북선을 배경으로 떠오른 달이 해무에 가려 아련하다.

해무에 걸친 달 그림자 마저 지우고
그리움 또한 지워 고독을 거두는데
어디선가 들리는 한마리 늑대 울음소리
너 잃은 짝 찾아 목메 우느냐

임진년
9월 17일

경기감영까지 단과 동행했던 군관 송일성이 돌아왔다. 그는 단을 경기감영으로 보내면서 내가 준 서신을 전했다고 했다.

그대를 힘없이 보냄에 앞이 깜깜하고 자괴감마저 들지만, 이 녀의 능력을 짐작건대 위기를 무사히 넘기리란 것 자명自明하네! 내 보름에 한 번씩 서기를 보낼 것이니 우리가 약속한 야록夜錄은 온전히 수록되기 바라는 마음일세, 그럼 보름 후 다시 서기를 띄울 때까지 무탈하기 바라면서 이만 마치네.

내가 단에게 전했던 내용이다.

임진년
9월 18일

나는 새로운 거북선 주조를 가편加鞭(더빨리)했다.

비록 지금 왜적 수군 공세가 소강상태이기는 하나 언제 그들이 전열을 가다듬어 다시 공격할지는 아무도 모르는 일이다.

그 대비책으로는 속도에서 취약점이 있는 귀선보다 빠른 거북선이 더 많이 필요하다.

거북선이 지난 부산포 공격에서 처음 적선을 치받았을 때 적의 배를 뚫고 들어갔던 거북선 머리가 적선에 박혀 나오지를 않아 매우 곤란했다. 치받은 것이 처음이 아닌데 왜 이번만 거북선 머리가 박혀 빠져나오지 못한 것인지 이해가 되지 않았다. 생각해보니 거북선이 적의 배 옆을 정확히 받은 것은 이번이 처음이었다. 뒤따르던 내가 포를 쏴 적의 배를 부숴 거북선 머리가 무사히 빠져나오긴 했다.

전라좌수영으로 돌아와 거북선 내부를 살폈을 때 적선을 치받았던 거북선 머리가 뒤로 밀리고 내부가 심하게 파손되었다.

 그동안은 왜적의 배 정면을 치받아 거북선 머리가 비스듬히 부딪쳐서 이 같은 피해가 없었다.

 결국, 치받는 것은 득보다는 실이 훨씬 많음으로 앞으로의 공격에서 거북선이 적선을 치받는 공격은 하지 않기로 했다.

임진년
9월 19일

도원수 권율의 부대 일부(3,000)가 평양성을 탈환하기 위해 평양으로 향했다는 소식이 전해졌다. 왜적이 보급로가 끊기자 농가를 습격해 곡식이며 가축을 수탈하고 이를 저지하거나 걸리적거리는 조선의 백성은 가차 없이 죽이고 코를 벤다고 하니 그 소식이 전해질 때마다 슬퍼 탄식함을 무엇으로 헤아리겠는가….

임진년
9월 20일

　단이 경기감영으로 간 지 닷새 째 되는 날인데 경기감영에서 천지개벽할 소식이 전해졌다. 천민을 탈천脫賤(천민에서 벗어남) 시키는 초법적超法的 시행령이 공포되었다.
　세자께서 미루어 말하길 아무리 지체가 낮은 천민이라도 스스로 지원하여 군인이 되면 면천免賤 하겠다고 했다.
　이에 전쟁이 나자 달아나 꼭꼭 숨었던 온갖 천민들이 경기감영으로 몰려와 육지군이 되므로 그 수가 너무 많아 헤아릴 수 없고 기개가 하늘을 찔렀다.

임진년
9월 21일

　탈천脫賤은 단의 작품이다. 이 포고령에 자의든 타의든 단이 개입됐다.
　단은 경기감영에 분명 면천免賤 하기 위해서 간다고 했다. 언제나 그녀는 무언가 하기 전 분명 내게 언질을 줬다. 예종엽의 사건에서는 음식을 짜게 했고 박팽률의 사건에서는 복국을 올렸다. 어미 질임이 죽었을 때는 자신의 치마저고리가 없어졌다 했고, 경기감영을 갈 때는 면천免賤 하리라 다짐했다. 난 단의 이러한 생각이 어떻게 세자에게까지 전해졌는지가 궁금했다.

임진년
9월 22일

경기감영의 첫 승전보가 전해졌다. 부산에 주둔한 적군이 평양성의 위급함을 듣고 평양성에 주둔한 적을 도우려고 평양으로 향했다.

용인에 이르러 세자가 있는 임시 경기감영에서 조선 육지군과 맞닥뜨렸다.

그때까지만 해도 왜군은 조선의 육지군은 조총만 쏘면 달아나는 하찮은 군인이었다. 개전초 와키자카 야스하루가 이끄는 왜적 천육백 명에게 조선군 오만이 참패하고 줄행랑을 쳤다.

그들의 조총 공격에 조선군은 속수무책이었다. 참패였다. 그래서 그들이 평소 하던 대로 조총을 쏘며 공격을 감행했다.

그런데 그들은 조선 천민의 서러움을 모르고 있었다. 탈천脫賤 하기 위해서는 목숨을 초개草芥같이 버릴 수 있다는 것을. 총알을 막아낼 수 있는 가마솥 뚜껑 방패를 왜적 조총이 뚫을 수가 없었다.

앞을 막아서는 솥뚜껑 방패부대에 신경 쓰고 있을 때 양쪽 옆에서 날아오는 조선군의 화살과 주먹만 한 돌 공격을 받고 도망갈 수밖에 없었다.

적이 뚫린 퇴로로 도망가 조선군의 공격에서 벗어났다고 안심할 때 매복하고 있던 조선군이 일시에 공격해 왜적이 전멸했다.

난 이것이 단의 치마진이라 확신했다.

임진년
9월 23일

나는 단과의 약속을 깨고 반 보름 만에 경기감영에 있는 단에게 서신을 보냈다.

이녁의 면천免賤과 치마진의 소식을 듣고 가만있을 수가 없어 반 보름간 내가 적은 서기를 보내니 이 서찰을 받는 즉시 그간의 일을 소상히 적어 답장하기 바라네, 지금 주조 중인 거북선 동력同力을 연구 중인데 혹여 이녁에게 좋은 생각이 있으면 송일성이 경기감영에서 하루 나 이틀 머물게 해서라도 그 답을 부탁하네···.

임진년
9월 24일

송일성이 단의 답장을 갖고 다음 날 저녁 늦게 도착했다. 용인에 진을 치고 있는 경기감영은 빠른 말로 반날 거리다. 즉 말하자면 단이 내 서찰을 받고 밤을 새워 답장을 정립해 보냈다는 얘기가 된다.

다섯 솥뚜껑

첫째 날(9월 16일)부터
일곱째 날(9월 22일)까지

첫째 날
(9월 16일)

전라좌수영을 일찍 떠나 다음날 해 질 무렵에 경기감영에 도착했습니다.

밤이 늦었으므로 간단한 절차만 마치고 객사에서 잤습니다. 원칙대로라면 관비의 숙소가 이녁의 자리이지만 이녁이 전라좌수사 첩의 신분이므로 특별대우를 해준 것입니다. 잠자리에 들기 전 송일성이 건넨 서방님 서찰을 읽었습니다. 그 내용에 솟는 눈물이 멈추지 않습니다.

둘째 날
(9월 17일)

송일성이 이녁이 예종엽 박팽률사건과 연루된 질임의 여식이라 세자저하께 고했습니다.

그런데 세자께서는 이 사건에 관심조차 없으십니다. 미루어 짐작건대 원수사가 자기 생각을 마치 세자저하의 명인 것처럼 포장한 것으로 짐작됩니다.

아니면 왜군이 평양성을 향하는 길목에 있는 경기감영 용인성의 위태함 때문입니다.

아무튼, 이녁은 면천의 뜻을 이루기 전까지 전라좌수영으로 돌아가지 않습니다. 작금의 조선에서 면천의 능력을 보유한 분은 두 임금(선조, 광해군)님뿐이십니다.

셋째 날
(9월 18일)

이녁 원래 직책이 부엌데기였으므로 일단 부엌에 자릴 잡았습니다.

헌데 임금님의 수라간水刺間(임금님 진지를 책임진 부엌) 궁녀들은 다 임금님을 따라 평양으로 갔고, 이곳 부엌은 그냥 그냥 저냥 감영 부엌에서 기생하던 떨거지뿐입니다.

전쟁 중이어서 넉넉한 음식 재료도 없지만 그나마 있는 음식 재료조차 어떻게 만들어야 제대로 된 맛을 내는지 모르는 사람들뿐입니다.

마침 점심때가 되어 요즘 제일 흔한 배춧국을 끓이는데 그냥 된장을 풀고 배추를 썰어 넣고 가마솥 뚜껑을 닫습니다.

"지금 뭐한 건가? 당장 가마솥에 넣은 배추를 건지게!"

"누군데 부엌일에 참견이야?"

이녁의 배추를 건지라는 명령에 사십쯤 돼 보이는 부엌 대장 말남이 나섰습니다.

"나? 전라좌도수군절도사 첩 덕수이씨 걸영이다."

"이걸영께서 왜 배추를 건지란 것인지요?"

이녁 정체에 꼬리를 내린 말남의 질문입니다.

"같은 재료로 같은 국을 끓여도 맛있게 끓여야 합니다. 앞으로는 날 부를 때 이걸 또는 영으로 부르세요."

이녁은 이미 기선제압을 했기에 말남에게 존대합니다. 상대를 존중해야 상대도 이녁을 존중하기 때문입니다.

지금부터는 배춧국을 맛있게 끓이는 방법입니다.

첫째. 배추 한 포기, 배추는 잎과 줄기를 같이 먹을 수 있게 세로로 찢습니다. 그래야 부드러움과 씹힘이 함께합니다.

둘째. 무 한 개를 준비해 나박치(나박김치) 크기의 모양으로 썰어줍니다. 배춧국도 시원하지만 무를 넣으면 그 시원함이 배가됩니다.

셋째. 가마솥에 재료에 맞게 물을 붓고 된장을 풀어 간을 맞추고 먼저 끓입니다.

넷째. 멸치와 다시마, 다시마가 없으면 미역도 됩니다. 이것들을 끓는 국에 넣고 같이 끓이다 일각 후 건집니다. 그리고 준비한 배추와 무를 넣습니다.

다섯째. 배추와 무를 넣은 국이 끓으면 말린 조개, 새우, 또는 굴가루 중 어느 것이든 한 가지만 넣고 다시 끓입니다.

여섯째. 마지막으로 파 두 뿌리를 잘게 자르고 한 통의 다진 마늘을 끓는 국에 넣고 국자로 휘저은 뒤 국그릇에 담습니다. 아주 맛있는 배춧국이 완성되었습니다.

이녁이 이렇게 부엌 음식에 공을 들이는 것은 세자저하께 뽑힘을 받기 위해서입니다. 전라좌수영을 떠날 때 컸던 제 짐은 위 나열한 미역, 멸치, 새우 등 음식 재료입니다.

넷째 날
(9월 19일)

조반상을 세자빈 마마께 올린 부엌데기가 말하길 세자빈 마마께서 이녁을 찾는다고 합니다. 어제 점심부터 바뀐 음식으로 인한 호출입니다. 이녁의 몸가짐 하나마다 서방님의 존재와 직결되므로 함부로 행동할 수 없습니다.

"내 어제 점심부터 입 호강을 하고 있어 불렀어요. 전라좌도에서 왔다고요?"

"말씀을 낮추시어요. 소첩小妾은 관비에서 수사 첩이 된 신분입니다."

세자빈 존대에 이녁은 바로 정체를 밝혔습니다. 이녁으로 인해 좌수사께 갈 피해를 미리 방지하기 위함입니다.

듣기에 세자빈은 이녁보다 두 살이 손위입니다. 양반 가문에서 곱게 자라 세자빈으로 간택되었기에 들판에 잡초처럼 자란 제가 보기에 세자빈 마마는 아기 각시입니다.

"그래도 머리 올린 사람에게,… 내 말을 조금 낮추지."

"그리하시는 것이 좋습니다."

"음식에 어떤 조화를 부리면 이리 맛날 수가 있는 거지?"

"음식을 만들기에는 재료도 중요하지만, 만드는 순서도 중요합니다. 맛에 큰 차이가 나지요."

"그래?… 예(경기감영)는 어찌한 일이야? 무슨 특별히 볼일이라도 있나?"

"탈천脫賤 하기 위해 왔습니다."

"탈천?! 수사의 첩이면 이미 탈천한 것이 아닌가?"

"정식 첩이면 자식을 서자라 하는데, 어느 정도 가업을 이을 수가 있는 자격이 주어집니다. 하온데 관비에서 첩이 된 자식은 서얼이라 하여 관노비와 별반 다르지 않습니다."

"그럼 무슨 수로 탈천 하겠단 건가?"

"이 전쟁에 공을 세워 탈천 할까 합니다."

"공을 세워?! 어떻게?"

"부산에 있는 왜적이 평양으로 가기 위해서는 꼭 이곳을 거쳐야 합니다."

"세자저하께서도 그리 말씀하셨어."

"세자저하는 초 긴장 상태여서 공무 돌봄도 없으시지요."

"무슨 방법이라도 있다는 건가?"

"천것이, 그것도 아녀자가…"

"세자저하는 그리 막힌 분이 아니야."

"천것이 함부로 나랏일에 끼어들면 죽음입니다."

이러한 연유로 세자빈 마마 방에서 세자저하와 독대하게 되었습니다.

"부산에서 오고 있는 왜적에 대한 대처방안이 있다 했나?"

세자저하 또한 제게 하대하지 않으셨습니다.

"왜적의 무리를 상대하기 위해서는 그에 필적匹敵할만한 군대가 있어야 합니다."

"알고 있어, 하지만 내가 모을 수 있는 사람은 다 모았어. 더 이상은 무리야!"

"면천 포고령을 내리십시오."

"면천 포고령! 그건 임금님 권한이야!"

"지금은 세자저하도 임금님이십니다."

"그래도 그건 아바마마의 윤허가…"

"지금 천민들은 살기 위해 모두 숨었습니다. 그들을 끌어내는 방법은 면천밖에 없습니다. 임금님 윤허를 기다리면 때가 늦습니다."

다섯째 날
(9월 20일)

　면천을 공포하자 한나절도 지나지 않아 탈천 하기 위해 꼭꼭 숨었던 헤아릴 수 없을 만큼 많은 천민이 경기감영으로 몰려들었습니다. 그들은 제대로 된 이름도 없는 상놈들로 세자께서 이들의 이름을 어떻게 지을지 고민하시므로, 이녁은 전라좌수영 대리군에게 이름을 지어주듯 하여 일시에 해결하였습니다.

여섯째 날
(9월 21일)

오합지졸로 모여든 군인들을 체계적으로 훈련할 시간이 없습니다.

이녁은 세자빈 마마와 같이 닭장으로 갔고 서방님과 행했던 그 모양 그대로 적을 몰고 쳐부수고 빠지는 모양을 설명했습니다.

그 말은 그대로 세자저하께 전해졌습니다.

또한, 가마솥을 만드는 틀에 쇳물을 붓고 수많은 솥뚜껑을 만들어 총알을 막는 방패로 사용했습니다. 처음에는 손잡이를 안쪽에 달아 총알이 튕기게 하려 했으나 그러면 옆의 아군에게 튕긴 총알의 피해가 감으로 그대로 사용하였습니다. 대신 조총 공격에 솥뚜껑 깨짐을 방지하기 위해 솥뚜껑 안쪽에 대나무를 덧댔습니다.

상놈이 유리한 점은 양반들과 달리 모든 것이 생존경쟁이기에 산이나 들판이나 할 것 없이 잘 기생한다는 것입니다.

다시 말하자면 산과 들을 일반적인 길을 가듯 쉽게 다닐 수 있고 그들의 발은 짚신조차 호강입니다. 태어나서부터 신발을 신어보지 않아 발 자체에 굳은살이 배 굳이 발을 싸매지 않아도 어디든 날렵하게 내 달릴 수 있고 매복할 수 있다는 것입니다.

일곱째 날
(9월 22일)

우리 군이 솥뚜껑 방패로 몸을 막고 적진으로 쳐들어갔다 도망 왔습니다. 적은 의심도 없이 쫓아왔습니다. 우리 군이 갑자기 치마진처럼 적을 둘러 쌓습니다.

소문은 어찌 났는지 모르지만, 화살 공격보다는 돌팔매질이 대부분이었습니다.

돌은 지천으로 깔려있고 조총이나 화살 공격보다 훨씬 공격이 쉽습니다. 조총이 한 번 쏠 때 돌은 열을 던질 수 있습니다.

돌에 맞으면 바로 죽지는 않지만, 크게 다쳐 총을 쏠 수도 공격을 할 수도 없습니다.

적은 달아났고 퇴로를 터주어 적이 이제는 살았다고 안심하고 있을 때 덮쳐 전멸시켰습니다.

임진년
9월 25일

 단의 활약은 어디서든 빛이 난다. 나는 치마진이 바다에서만 가능하다고 생각했다. 그런데 단은 육지군에서도 이를 써먹으니 그녀의 능력이 어디까지인지 가늠조차 할 수가 없다.
 하지만 작금의 현실에서 여자가 특히 탈천도 못 한 천민 신분의 여자가 앞에 나설 수는 없다.
 그나마 사고査考가 남다른 세자이기에 단의 활약을 기대하고 있다. 정말 그녀가 면천 되어 돌아온다면 그 기쁨은 말로는 다 표현할 수 없을 것이다.

임진년
9월 26일

 난 거북선을 주조하는 현장에 왔다. 내가 보낸 거북선의 동력에 대해 단이 답하길 왜 꼭 노를 손으로 저어야 하느냐는 간단한 답이었다.
 서찰 끝에 간단히 적혀있었기에 손이 아니면 무엇으로 노을 저을지 생각해보았다. 손이 아니면 움직일 수가 있는 것은 발뿐인데 발이 손보다 힘이 몇 배는 더 세긴 하다. 그렇지만 발로 어떻게 노를 저을 수 있단 말인가….
 나는 거북선으로 치받았을 때의 약점을 상기하고 복안은 없을까 생각하며 거북선 주위를 맴돌았다.

임진년
9월 27일

경기감영에서 연일 승전보가 날아들었다. 정식으로 훈련을 받은 왜적과 급조한 조선군이 대부분인 상황에 어떻게 연일 승리할 수 있는지 기가 막힐 따름이다. 한 사람의 능력이 이처럼 전쟁의 판도까지 바꿀 수가 있다는 것이 대단하다고 느낄 뿐이다. 그러나 이러한 단의 활약은 나와 몇몇만 아는 비밀로 이 같은 일이 세상에 알려졌다가는 단은 죽음을 면치 못한다.

**임진년
9월 28일**

오늘도 거북선 동력에 대해 고심하며 대장공들이 밥을 먹으러 간 점심때 거북선 주위를 맴돌았다. 대장공들이 일하는 시간이면 그들이 내게 신경을 써 일부러 낮에는 그들이 없는 시간에 간다.

그런데 주물을 만드는 곳에 열 살도 안 돼 보이는 사내아이가 높은 나무 의자에 앉아 발로 뭔가를 돌리고 있는데 그 자세가 아주 묘하다.

"절도사 나으리 나오셨는게라."

내가 다가가자 아이가 의자에서 내려와 큰절을 한다.

"똑바로 앉아도 된다. 너는 누구냐?"

"쇤네는 대장공 대장 아들 먹구여라."

"먹구? 그 이름이 재미있구나."

"히히히, 쇤네 먹구 또 먹구 하도 먹기만 해서 먹군디 본래 이름은 장수여라."

"먹구야 너 뭘 하고 있던 것이냐?"

"풍구 돌리고 있었지라."

"풍구! 이게 풍구냐?"

"야(네)! 아부지헌티 쇤네가 맹글어 달라켓지라."

"이렇게 하면 바람이 많이 나오느냐?"

"만허기(많이) 뿐여라 시말타구(힘)도 안들여라."

"그래? 너 하든 짓 계속 해보아라."

"네."

먹구가 의자에 올라가 양발로 풍구를 돌리자 거센 바람이 화로 안으로 들어갔고 조금 있자, 화로 위에 얻은 거북선 뚜껑 끝부분이 빨갛게 달아올랐다. 그걸 먹구가 집게로 잡아 다른 쇠판 위에 올리고 망치로 쳐 기역 모양으로 꺾었다. 경첩 구실을 할 연결부분 장치다.

"근디 저 아자씨들은 날마지(매일)여근 으채 오가락 헌지 모르겠어라."

망치를 잡은 손으로 먹구가 가리키는 곳에 세 명의 사내가 거북선을 가리키며 무슨 말인가 열심히 주고받고 뭔가를 적고 있는 놈도 있다. 나와 먹구는 거북선에 가려 그들에게 잘 보이지 않았다.

"저들이 얼마나 이 주위를 얼쩡거렸느냐?"

"보림전부터 아부지 하구 아자씨들이 낮밥을 묵으러 가믄 나타낫지라."

임진년
9월 29일

나는 날이 채 밝기도 전에 군관 송일성을 경기감영으로 보냈다. 사태가 매우 긴박했으므로 날이 밝기를 기다릴 수가 없었다. 단이 위험했기 때문이다.

어제 거북선 주위를 왔다 갔다 하던 놈들을 동헌으로 데리고 왔다.

나는 기껏해야 놈들이 경상우수영의 첩자이고 거북선 주조 과정을 알아내 경상우수영에서도 거북선을 만들려고 한다고 생각했다.

그래서 여유 있게 늦은 점심을 먹고 놈들을 심문했다. 그런데 놈들의 입에서 뜻밖의 말이 튀어나왔다.

"우리는 거북선을 조사했을 뿐입니다. 이수사님 첩 장해戕害와는 아무런 상관도 없습니다."

"장해戕害 라고!?"

장해戕害 최대한 처참히 죽이라는 뜻이다.

"누구의 명령이냐?"
"만호 허정의 명령입니다."

허정의 명령은 곧 원균의 명령이다. 원균은 단이 경기감영으로 갔음에도 신변에 아무런 변화가 없자 직접 사람을 보내 단을 죽이려는 것이다.

나는 바로 경기감영으로 송일성을 보내고 싶었으나 이미 해가 지고 있었다. 그믐이라 달이 없어 횃불을 사용해야 하는데 이는 용인 주위의 왜적에게 목숨을 갖다 바치는 짓이다.

임진년
9월 30일

송일성은 얼마나 말 재촉을 했는지 미시未時도 가기 전에 전라좌수영으로 돌아왔다. 난 동헌 내 방에서 송일성이 건넨 작은 보퉁이를 펼쳤다.

서방님이 보낸 이녁 장해戕害에 관한 서찰은 잘 읽었습니다. 허나 이녁은 이미 해를 끼치려는 무리가 있다는 것을 알고 있습니다. 다만 그것이 장해였다는 것이 조금은 큰 충격입니다.

단은 자신을 최대한 처참히 죽이라는 장해가 조금은 큰 충격이라니 그녀의 배포는 대체 얼마나 큰 것인가……..

여섯

오목

여덟째 날(9월 23일)부터
열사흘째 날(9월 28일)까지

여덟째 날
(9월 23일)

이녁이 세자빈 마마의 처소에 드나들며 이쁨을 받자 부엌데기들은 그 질투가 하늘을 찔렀습니다.

누구에 의해서 어떻게 전해진 것은 알 수 없으나 부엌데기들은 이녁이 관비에서 첩이 된 그네들과 별반 다르지 않은 신분이란 것을 알고 있었습니다.

이녁은 이것이 위기임을 직감했습니다.

제 정체를 세자빈 마마 외는 이곳 감영 사람은 알 수 없습니다. 바꿔 말하면 제 정체를 아는 사람이 개입되었다는 뜻입니다.

아홉째 날
(9월 24일)

　세자빈 마마께서 아침 밥상을 수저도 뜨지 않고 물리셨습니다.
　"빈 마마 혹여 음식에 문제라도 있으신지요."
　"아니, 내가 몸이 불편해서야."
　"어디가 어찌 불편하신지요. 쇤네가 간단한 치료법을 알고 있습니다."
　"치료? 이건, 치료법이 따로 없어."
　치료법이 따로 없다는 말에 변비임을 직감했습니다. 이녁은 두꺼운 대나무를 한 매듭 구해와 젓가락 두 개 굵기로 자르고 깎아 최대한 동그랗게 만들었습니다.
　끝을 각필과 같이 뾰족하게 만들고 주위를 돌려가며 홈(스크류모양)을 팠습니다. 작업을 끝내니 저녁이 되었습니다.
　빈 마마께서는 점심 저녁도 한술 뜨지 못하셨습니다.
　"세상에 마마께서 한술도 못뜨셨네."
　부엌 부대장 언년이 밥상을 보며 혀를 찼습니다. 언년이는 그동안 내게 단 한 번도 말을 붙이지 않은 서른은 됨직한 부엌의 부대장입니다.

"자주 이러신가?"
"한 달에 두세 번."
"변을 못 보시지?"
"아니! 어찌 알았어?"
"특별히 아픈 곳이 없는데 못 드시니까…"
"귀신이네, 이따가 까만 밤(모두 잠들면)에 뒤꼍에서 좀 볼까?"
"난, 밤새 빈 마마 시중을 들어야 해!"

이녁은 세자빈 마마의 핑계를 들어 한마디로 거절했습니다. 아무도 모르게 만나자는 것은 위험입니다.

이녁이 서방님께 조름나물 물을 드시게 하고 행했던 것과 같은 것입니다.

이렇게 저들의 첫 음모는 수포가 되었습니다.

열째 날
(9월 25일)

"마마! 변을 보시지 못함이시지요?"

"내가 그리 말을 했어?"

"말씀은 없었지만 미루어 짐작했습니다."

"지난번까지만 해도 이렇게 심하지 않았는데 이번이 유난히 심해!"

"쇤네가 음식 맛만 신경 써 마마께서 음식 조절에 실패하셨습니다."

"이걸이 알고 있는 치료법으로 가능한 거야?"

"치료법으로는 불가능하지만 해결할 방법은 있습니다. 그런데 조금 부끄러운 방법입니다."

"당장 죽게 생겼는데 부끄러운 게 대수야."

여기서 감히 글로 적기가 마땅치 않아 그냥 비유하니 미루어 짐작하시기 바랍니다.

변 색깔과 같은 노란 콩으로 찐 메주와 매듭의 반을 자른 큰 대나무 통을 준비합니다.

대나무 통속에 꽉 눌러 메주를 채웁니다.

메주를 채운 대나무 통은 흔들어도 메주가 나오지 않습니다.

그때 홈을 낸 각필 모양의 막대를 대나무 통 메주 정 가운데 끼고 돌리면 홈을 타고 가운데 메주가 밖으로 나옵니다.

그렇게 구멍을 내면 통속의 모든 메주는 쉽게 빠집니다.

(대나무는 엉덩이, 메주는 똥, 각필(라사 못 모양)막대를 힘을 줘 똥구멍에 걸린 똥대가리 정 중앙에 꼽음, 각필 막대 돌리며 밀어 넣음, 홈을 따라 가운데 똥이 빠짐, 각필이 살에 다도 나무기 때문에 안전함, 쉽게 대변 봄. 끝.)

열하룻째 날
(9월 26일)

변비가 해결된 빈 마마께서는 사흘 만에 조반을 깨끗이 비우셨습니다. 세자저하께서 기뻐하시며 이녁을 친히 부르셨습니다. 명목은 빈 마마 병세의 해결 치하지만 실상은 대치하고 있는 왜적 섬멸 해결방안입니다.

"왜적이 지난번 패배 후 쉽게 싸우려 들지 않으니 걱정이야."

"쇤네 빈 마마와 나눌 담화가 있사옵니다."

"오! 그래? 하면 괘념치 말고 담화를 나누시게."

눈치가 빠른 세자저하는 이녁이 하는 말의 뜻을 금방 이해했습니다.

"빈 마마, 혹여 바둑 둘 줄 아십옵니까?"

"못 두는데…."

"그럼 장기나 오목은요?"

"아니! 그건 남정네들 박희博戲(놀이)잖아?"

"오목은 바둑알 다섯 개를 먼저 맞추는 사람이 이기는 박희입니다."

"아! 이거 간단하면서도 재밌어."

빈 마마께서 오목을 두며 재미있어하시기에 본론을 꺼냈습니다.

"쇤네 지체가 낮으므로 까만 돌을 잡습니다. 그리고 까만 돌이 먼저 둡니다. 오목은 실력이 얼 비슷하면 먼저 둔 사람이 반은 이기고 둔 겁니다. 이는 장기나 바둑도 같습니다."

"뭐야! 그래서 내가 한 번도 못 이긴 거야?"

"그렇기도 하지만 쇤네가 오목을 진작부터 두어서입니다."

"진짜 하려는 얘기가 뭐야?"

"오목은 까만 돌 한 개를 두면 상대도 흰 돌 한 개를 둬 막습니다."

"그랬지 두 개를 두면 두 개 세 개를 두면 세 개로 막았지."

"만약 이녁이 한 개를 뒀는데 빈 마마께서 두 개를 둔다면 어떻게 되겠습니까?"

"내가 이기지!"

"아!? 그래, 그렇구나! 아하하하."

대화를 듣고 세자저하께서 무릎을 치며 크게 웃으셨습니다.

열이틀째 날
(9월 27일)

세자저하께서는 육지군 열 명씩 짝을 지어 각개各個 전으로 적을 공격했습니다.

우리 육지군이 열 명씩이고 수십 팀이므로 왜적도 얼 비슷하게 맞섰습니다.

특이한 것은 열 명씩 묶은 우리 군은 치고 달아날 때도 다른 열 명 과 절대 섞이지 않고 열 명씩 뭉쳐 분산해 달아납니다.

그러면 적도 같은 인원으로 분산될 수밖에 없습니다.

쫓는 왜적 앞에 숨어있던 우리 군 열 명이 합세합니다. 더 많아도 됩니다. 그럼 수십 명대 열 명입니다. 우린 면천 하려고 몰려든 잡색군으로 차고 넘칩니다. 이것은 오목에서 돌을 두 개 둔 것과 같습니다. 승리입니다.

열사흘째 날
(9월 28일)

언년이 계속 까만 밤에 이녁을 불러내려 함으로 제가 묶는 거처도 위험의 가시권입니다.

빈 마마께 고하면 간단히 해결될 수 있는 사안事案이지만 그렇게 되면 어미 질임 사건도 표면에 드러날 수밖에 없으므로 해결방법이 아닙니다.

"이걸! 이걸! 이걸!"

자고 있는데 빈 마마 시녀 해조가 내 방에 와 급히 이녁을 깨웁니다.

"무슨 일이야?"

"빈 마마께서 이각 전부터 다리에 쥐가 났는데 아무리 주물러도 사그라들질 않아!"

빈 마마께서는 변비 외에 숙증宿症(오랜병)이 있으십니다. 이는 거의 모두가 운동량 부족에서 오는 질병입니다. 양반들의 고질병이기도 합니다.

"아, 아, 아, 악!…"

빈 마마 침소에 들어서는데 참으며 내는 빈 마마 비명이 그 고통을 짐작게 합니다.

"그만 주물러! 그렇게 무작정 주무르면 더 아프기만 해."

빈 마마를 주무르던 최측근 여시女侍(궁녀) 호기가 물러났습니다. 이녁이 다가가 만지니 빈 마마 오른쪽 장딴지가 거의 돌같이 딴딴 합니다. 이 정도면 사람이 기절할 수 있는 큰 고통입니다. 급함으로 엄지를 뺀 여덟 손가락으로 삼조혈三造穴(무릎과 복숭아뼈 안쪽 기둥 뼈 중간 살)을 짚습니다. 발로 향하는 핏줄이 있는 곳입니다. 엄지는 반대쪽을 짚고 꾹꾹 누릅니다. 이곳엔 허벅지로 가는 핏줄이 있습니다.

잠시 후 오른손만 뻗어 빈 마마 오른 발가락을 잡고 발목을 위아래로 번갈아 돌려줍니다. 장딴지가 어느 정도 부드러워지면 두 손으로 용천혈湧泉穴 발바닥 가운데 움푹 들어간 부분을 두 엄지로 꾹꾹 눌러줍니다.

"무슨 조화야! 어떻게 했기에 금방 쥐가 풀린 거야? 하나도 아프질 않아."

삼조혈을 눌러 굳은 피를 흐르게 했습니다. 발목을 회전시킨 것은 흐르는 피를 원활하게 하기 위해서입니다. 발바닥 가운데는 죽은 사람도 벌떡 세운다는 용천혈湧泉穴입니다.

일곱

물개비

열나흘째 날(9월 29일)부터
스무이틀째 날(10월 15일)까지

열나흘째 날
(9월 29일)

이녁은 빈 마마 숙증宿症을 고친다는 핑계로 오늘부터 빈 마마 처소에서 기거합니다. 이녁은 이제 안녕합니다. 어미에게 배운 혈을 누르는 방법으로 빈 마마 숙증宿症을 모두 해결했습니다.

다음은 빈 마마 숙증宿症을 해결한 순서입니다.

두통: 귀와 눈 사이 태양혈을 문지르듯 오륙 회 누릅니다. 양 손바닥으로 귀를 막고 네 손가락으로 뒤통수를 쳐 고취를 북돋웁니다. 양손 간지(다섯 손가락)로 두피 전체를 골고루 때리고 천주혈天柱穴을 눌러줍니다.

목통: 목 뒤 풍부혈風府穴을 엄지로 지그시 눌러줍니다. 풍부혈에 중지를 대 손바닥을 펴 손바닥이 끝나는 부분을 다시 눌러줍니다. 게서 손가락 두 마디 양옆을 다시 누릅니다.

수통: 목덜미 옆 튀어나온 부분이 견정혈肩井六입니다. 곡지曲池는 팔꿈치 안쪽 중간 삼리三里는 곡지 손등 쪽 반 뼘 아래입니다. 마지막으로 합곡合谷은 엄지와 검지 사이입니다. 이 위치를 순서대로 눌러주면 손저림이 없어집니다. 이후는 몸을 써야 하는 방법이므로 생략합니다.

혹여 서방님께서도 이러한 증상이 있을 때 참고하시라 적은 것입니다.

이녁을 노리는 놈이 누군지는 모르나 굳이 해결방법을 적지 않는 것은 혹여 일이 잘못되었을 때 서방님께 갈 우려 때문입니다.

임진년
10월 1일

나는 단이 보낸 서찰을 읽고 또 읽었다.

진즉趁卽부터 단이 대단하다는 것을 알고 있었음에도 주위의 작은 변화까지 꿰뚫어 자신에게 위기가 닥치고 있다는 것을 알았다는 것에 진짜 놀랐다.

누군지 알 수 없으나 단을 장해戕害하기 위해 경기감영으로 간 놈이 불쌍할 지경이다.

임진년
10월 2일

단이 경기감영에서 큰 활약을 펼치고 있는데 나 또한 가만 있을 수는 없다.

점심때 다시 거북선을 주조하는 곳으로 갔다. 지난번 사달 때문인지 모두 밥을 먹으러 가지 않고 대장공 둘이 남아 보초를 서고 있다.

"여기는 내가 지킬 테니 점심들 먹고 와."
"그래도 되겠어라?"
"먹구가 안보이네."
"갸도 낮밥 묵으러 갔지라이."

"나으리 나오신 게라?"
먹구가 뛰어왔다.
"천천히 오거라 넘어진다."
"인자 수상한 넘(놈)들도 앖(없)구마이라(어요)."

"오늘은 풍구를 자세히 보려고 왔다."
"뭐 자세 볼것이 있건디요."
"일단 바람을 불러일으켜 보렴."

임진년
10월 3일

아침을 먹는데 대장공 대장 허장대가 먹구가 발로 돌리는 풍구와 똑같은 쇠 바람개비를 만들어왔다. 지금부터는 바람을 일으키는 기계가 아니고 물을 일으키는 기계로 쓸 것이니 물개비로 칭한다.

"밤을 새웠나? 뭐 이리 서둘렀어."

"쇤네 때문에 이걸께서… 질임 어멈도…"

허장대가 머리를 조아리고 들지 못한다.

나 또한 마땅히 할 말을 찾지 못했다.

임진년
10월 4일

어제 종일 물개비를 봤지만, 물개비로는 아무것도 할 수가 없어 거북선을 주조하는 곳으로 다시 갔다.
"뭐 또 만들 물건이 있으신가요?"
허장대가 내게 다가왔다.
"아니 먹구하고 풍구좀 빌렸으면 해서…"
난 먹구와 함께 풍구를 들고 나룻배로 갔다. 나룻배는 사람과 물건을 실어 나름으로 바닷가에서는 없어서는 안될 교통수단이다.

"절도사 나르리 뭐 옮길 물건이라도 있으신게라(가요)?"
사공이 크게 절하며 묻는다
"이 나룻배를 조금 빌릴까 하는데 가능한가?"
"지끔(금)은 쇠(쉬)고 있지라이."
"그럼 내 수고비는 넉넉히 줄 테니 배를 띄우게."
배를 몰고 바다로 들어가 세웠는데 다행히 물이 머무는 때라 바람이 없으니 물도 잔잔하다.

그래도 바닷물이라 출렁임이 있어 가지고 온 의자를 밧줄로 묶어 나룻배에 고정했다. 그리고 풍구 쪽을 바닷물에 넣었다.

"흐미 글 먼(그러면) 녹슬어 지(저) 아부지헌티 맞아 죽지라이(죽어요)!"

"죽어도 내가 죽을 테니 넌 의자에 앉아 풍구나 돌려라."

그런데 먹구 힘으로는 물속에 있는 풍구가 잘 돌아가지 않는다.

"사공! 이녁이 한번 돌려보게."

사공이 의자에 앉자 균형이 맞지 않아 나와 먹구는 의자 반대편 쪽에 자리 잡았다.

사공이 풍구를 돌리자 놀라운 일이 벌어졌다.

배가 움직이며 원을 그리듯 돌았다. 그 회전이 무척 빨랐다.

난 사공에게 노를 저어 배를 돌리게 해보았다. 풍구가 서너 배는 빨랐다.

임진년
10월 5일

  내가 풍구를 바다로 가지고 간 이유는 바닷물을 끌어 올리는 기구를 만들기 위함이었다.
  바닷물은 바다에 있을 때는 그냥 짠물이지만 그 물을 끌어 올려 말리면 소금이 된다. 소금은 돈이다. 돈은 이 전쟁에서 필요한 모든 물건을 살 수가 있다. 그런데 돈보다 더 큰 수확을 얻었다.
  풍구를 옆에 대고 돌렸을 때 배가 돌았다. 풍구를 뒤에 대면 배가 앞으로 간다는 얘기가 된다.
  그리고 사공이 젓는 노보다 몇 배가 빠르다. 풍구 덮개를 벗기고 바람개비만 돌리면 그 속도는 더 빨라질 것이다.

임진년
10월 6일

  난 단이 이런 방법을 알고 있었는지 궁금했다. 당장이라도 단에게 서기를 보내 묻고 싶었으나 참기로 했다. 이제 겨우 원리原理를 터득攄得했을 뿐이다.
  뭔가 결과물을 보여주는 것이 단이 낸 숙제에 대한 답이다.

임진년
10월 7일

 동헌에서 점심을 먹고 있는데 경상우수영에서 허정이왔다. 전 같으면 점심을 같이 먹자고 했겠으나 놈이 요즘 내게 보인 태도가 상기되어 아주 천천히 밥을 먹고 동헌으로 나갔다,
 "경상우수영에서 경기감영으로 보낸 권관(종9품)이 빨랫줄에 목이 걸려 죽었습니다."
 "경기감영에서 권관이 죽었는데 만호가 전라좌수영에는 무슨 볼일이지?"
 "이곳에서 예종엽 절충장군이 빨랫줄에 걸려 죽었고, 그와 관련된 절도사 첩 년이 지금 경기감영에 있습니다. 그 첩 년과 이번 빨랫줄 사고가 틀림없이 관련이 있습니다."
 "만호 지금 내 첩을 첩 년이라 했느냐?"
 "아니, 그것은 사안이 사안인 만큼…."
 "부관! 부관 나대관 어디 있느냐?"
 "네, 점심을 먹고 있었습니다."
 나대관이 사랑채에서 밥을 먹다 뛰어왔다. 부관은 내가 밥

을 먹고 나야 밥을 먹는다.

"형틀을 준비해라!"

"이, 이수사님!"
허정이 비명을 지르듯 소리쳤다.

난 나대관에게 허정 곤장 서른대를 치라고 명령했다. 원균은 사건을 결부시켜 생각할만한 머리가 없다. 다시 말하면 앞에서 나열한 모든 얘기는 허정의 생각이다. 난 허정의 생각을 밟아 버려야 했다. 그래야 후환이 없다. 이것이 단에게 경상우수영이 획책劃策한 장해戕害에서 벗어날 수 있는 유일한 방법이다. 허정이 내색은 하지 않았지만, 관비에서 첩이 된 단을 모두가 받드는 것이 눈에 거슬렀다. 놈도 쥐뿔 내 세울 것 없는 허울 좋은 양반임이 틀림없다.

임진년
10월 8일

송일성을 경기감영으로 보냈다. 단이 어떻게 위기를 넘겼는지, 말馬도 없이 어떻게 빨랫줄을 이용했는지가 너무 궁금했다.

열닷새째 날
(9월 30일)

빈 마마 팔과 허리 위쪽 숙증宿症이 완화되자 허리 아래 숙증 치료에 들어갔습니다.

허리 아래 치료는 온몸을 써야 하는 방법이므로 간단하게 몇 가지만 적습니다.

요통: 양손으로 허리를 잡고 먼저 오른쪽 그리고 왼쪽으로 동그라미를 그리듯 돌립니다. 그래야 허리가 유연해지며 다리 저림에 효과가 있습니다. 누워서 양다리를 벌리고 왼쪽 다리는 오른쪽 어깨에 오른 쪽 다리는 왼쪽 어깨에 번갈아 올리면서 고개는 발을 올린 반대로 번갈아 틉니다. 반복하면 요통이 완화됩니다.

마지막으로 무릎을 바짝 끌어안고 머리 뒤로 넘겼다 앞으로 하기를 반복합니다. 목에서 손마디를 꺾을 때 나는 소리(뚜득)가 나면 그 효과가 매우 큽니다.

열엿새째 날
(10월 1일)

언년이 나와 얼굴을 마주칠 때마다 까만 밤 만나기를 재촉합니다. 그만큼 장해戕害가 가까웠다는 뜻입니다.

글로 적기도 민망憫憫하지만 이녁이 살기 위해서 빈 마마를 끌어들일 수밖에 없습니다.

"빈 마마 이렇게 방에서 하는 운동만으로는 숙증宿症이 완전히 치료되지 않습니다."

"그래도 많이 좋아졌어. 요강도 매일 채우고 두통 요통도 없어."

"하오나 완치된 것은 아니지요. 쇤네 면천 하면 전라좌수영으로 돌아갑니다. 숙증은 완치 못 하면 재발합니다."

"어쩌라고?"

"산책을 하며 펼칠 자세도 있습니다."

"전시에 산책을 해? 그것도 세자빈이."

"산책을 왜 꼭 낮에 해야 한다고 생각하시어요."

"밤에 산책을 해?"

"그래야 눈에 잘 띄지 않습니다."

"응! 그렇긴 하겠구나."

열이레째 날
(10월 2일)

동짓달이 가까웠으므로 이불빨래를 서둘러야 합니다.
여름 동안 묶였던 냄새가 빈 마마 처소에도 가득합니다.
이불빨래를 하기 위해서는 빨랫줄이 필수입니다.
이녁은 전라좌수영에 만든 빨랫줄과 똑같이 빨랫줄을 만듭니다.
아침에 넌 이불이 저녁에 마람으로 모두 신기해합니다.
이제 모든 준비가 끝났습니다.

열여드렛째 날
(10월 3일)

빈 마마 빨래가 끝났으므로 부엌데기 이불빨래도 시작합니다.

같이 빨래를 하던 언년이 또 까만 밤 만나자고 합니다. 이제 거절할 이유가 없습니다. 덜 마른 이불빨래는 서리가 내리면 도로 젖으므로 해가 지면 걷습니다.

"빈 마마 산책 시간입니다."

이녁은 언년과 약속한 까만 밤에 빈 마마와 감영 뒤 산언덕을 타고 산책을 합니다.

"아휴 상쾌해! 밤공기가 진짜 좋구나."

빈 마마께서는 함정인 줄도 모르고 좋아하는 모습에 너무 송구스럽습니다.

언년과의 약속 장소에 다가가니 언덕 위 동문 쪽에서 말발굽 소리가 약하게 들립니다.

"마마 너무 어두운데 불 좀 밝히겠습니다."

나는 경기감영 남문 쪽으로 가서 문을 활짝 열고 화로에 있는 장작에 불을 붙입니다. 그와 동시에 말발굽 소리가 빨라지며 빈 마마 쪽으로 달립니다.

"세자빈 마마 위험해요. 세자빈 마마!"

제 목소리는 무척 커서 말을 타고 달려오는 놈에게도 선명하게 들립니다.

놈은 자신이 공격하려고 했던 사람이 이녁이 아닌 세자빈임을 알고 말머리를 돌립니다.

그때 이녁이 열어 논 남문이 화로에 지핀 불 때문에 선명히 보입니다.

어둠에 가린 빨랫줄은 보이지 않습니다.

전속력으로 대문을 향해 도망치던 놈은 진짜 전라좌수영에서 죽은 예종엽과 똑같은 모습으로 빨랫줄에 걸려 죽습니다. 다른 것이 있다면 놈은 목이 꺾여 즉사했다는 겁니다.

놈이 말을 타고 공격하리라는 것을 안 것은, 놈이 이녁을 장해戕害하고 뛰어서 달아났다가는 백 번이고 잡힐 수밖에 없기 때문입니다.

열아흐레째 날
(10월 4일)

죽은 놈은 말이 없습니다.

탈천 하기 위해 모인 상놈 중 작은 임금님께 불만을 품고 세자빈을 해하려다가 실패한 것으로 사건은 마무리됩니다. 참으로 한심한 벼슬아치들의 행태입니다.

스무째 날
(10월 5일)

"이따가 까만 밤에 나 좀 볼까?"

이제 이녁이 언년을 겁박할 차례입니다. 까만 밤 단둘이 만났습니다.

"이걸 내가 잘못했어요! 목숨만 살려줘요."

언년은 살려고 제게 존댓말을 합니다. 물론 그간 일을 빈 마마께 아뢰면 언년은 살아남지 못합니다. 하지만 지금 제게 필요한 것은 복수가 아닙니다. 이녁을 위해 목숨까지 바칠 수 있는 사람이 필요합니다.

"애가 너무 아파 그랬어요. 의원에게 보여야 하는데 돈이 없어요. 놈이 돈을 준댔어요."

언년이 무릎을 꿇고 제 치맛자락을 잡고 울부짖습니다.

"네 새끼를 살리기 위해서 나는 죽어도 된다."

"그놈이 이걸을 만나서 꼭 할 말이 있다고 했어요! 죽이려는 건지 진짜 몰랐어요. 내가 죽으면 내 새끼는 아무도 돌볼 사람이 없어요. 살려줘요."

참 어미라는 벼슬은 대단합니다. 녹(월급)도 없는 벼슬인데 새끼를 위해서 무슨 일이든 다 합니다. 죽음도 두렵지 않습니다.

스무하루째 날
(10월 6일)

언년네 집은 경기감영에서 느리게 걸어도 이각 밖에 걸리지 않는 곳에 있습니다. 초가집인데 벽이 허물어져 반은 내려앉아 기어서 들어갔습니다.

"엄마? 감영에 일하러 안 갔어."

누워있는 사내아이는 열 살은 됨직했습니다.

"응! 갔다가 이 아줌마가 석기를 보고 싶다고 해서 같이 왔어."

"엄마 나 쉬 좀."

언년은 그릇에 소변을 받았습니다.

"아니!? 뭐 하는 거야 더럽게!"

이녁이 석기가 싼 오줌 그릇을 가로채 냄새를 맡고 검지로 찍어 맛을 보자 언년이 소리쳤습니다.

"소갈증消渴症(당뇨병)이야."

맛을 본 소변을 뱉으며 말했습니다. 소변은 단맛이 났습니다.

"소갈증이 뭔데?"

"석기가 언제부터 아프기 시작했지?"

"글쎄? 한 서너 달 된 것 같은데."

"자세하게 설명해 봐, 그래야 고칠 수 있으니까."

"뭐! 고칠 수가 있다고? 정말이야?"

언년의 남편은 세자저하가 분조 후 처음 평양에서 군사 모집 할 때 지원했습니다. 안타깝게도 그는 왜적과의 첫 번째 평양성 전투에서 전사했습니다.

그러지 않아도 남편이 가지고 오는 적은 녹(월급)으로 받은 보리쌀로 근근이 목숨만 유지하던 언년 모자는 남편마저 전사하자 살길이 막막해 졌습니다.

이 딱한 얘기를 세자저하가 전해 듣고 언년을 부엌데기로 일하게 했습니다. 모자는 세자저하가 근거지를 옮길 때마다 같이 옮겼습니다.

어디나 마찬가지지만 부엌은 먹을 것이 풍부합니다. 병사는 배를 곯아도 부엌데기는 굶는 일이 없습니다. 그것은 그 가족에게도 같이 적용됩니다. 부엌 부대장 언년은 대장 다음으로 먹을 것을 많이 챙길 수가 있습니다.

스무이틀째 날
(10월 7일)

석기는 기아餓餓(굶주림) 소갈증입니다.

어미(질임)에게 듣길 신맛과 쓴맛은 사람을 살리는 맛이고 짠맛과 단맛은 사람을 죽이는 맛이라 했습니다.

사람 몸은 짠맛과 단맛을 분해하는 기관계器官系가 있습니다. 여기서 나오는 분비물이 짠맛과 단맛으로 생기는 병을 치료합니다.

오랜 기간 짠맛과 단맛이 있는 음식을 먹지 못하면 치료 분비물이 아예 나오질 않습니다. 그래서 갑자기 짠맛과 단맛이 있는 좋은 음식을 먹으면 치료 분비물이 나오지 않으니 병이 됩니다. 결국 언년이 부엌데기로 일하며 가져와 아들에게 먹인 좋은 음식들이 큰 병이 된 겁니다.

스무사흘째 날
(10월 8일)

서방님이 거북선 동력 숙제를 푼 것에 감탄했습니다. 이녁은 그냥 노를 돌리듯 발로 저으면 그 힘이 배가 된다는 뜻이었습니다. 그런데 풍구에 줄을 묶어 돌려 그 힘을 다섯 배 이상 증가시키다니 놀라울 따름입니다.

임진년
10월 9일

송일성이 가지고 온 단의 서찰을 읽고 또 읽었다.

작금의 현실에서 전쟁으로 많은 백성이 죽어 나가고 임금은 여차하면 명으로 달아날 생각만 하고 있다. 이런 와중에도 임금과 도망간 벼슬아치(높은 직에 있는 관료를 낮춰 부름)들은 아녀자를 업신여겼다. 단과 같이 뛰어난 여자도 전쟁에 참견하면 목숨을 내놔야 하니 이 나라는 언제가 되면 여자도 사람 대접을 받을 것인가.

임진년
10월 10일

 난 대장공 대장 허장대를 동헌으로 불렀다,
 삼십 년 이상 쇠를 만진 장인은 바람개비를 물속에서 어떻게 효율적으로 돌릴 수 있는지가 궁금했다.

 "글쎄 그건 제가 한 번도 해보질 않아서 뭐라 말씀드릴 수가 없습니다."
 허장대도 물속에서 풍구를 돌린 적이 없었다.
 "대신 거북선으로 왜놈들 배를 치받는 방법을 찾아냈습니다."
 "치받고 나서 거북선 머리가 빠지지 않는 게 문제야, 충격으로 내부가 파손되는 것도…."
 "거북선 머리 밑에 송곳 모양의 정釘을 달면 둘 다 깨끗이 해결됩니다."
 "거북선 머리는 어쩌고?"
 "머리는 귀선처럼 들入락出거리게 하고 정釘으로 적선을 치받을 때는 거북선 머리를 선 채 안으로 숨깁니다."

"오! 그래, 그거야."

처음에는 허장대의 말처럼 정釘 모양으로 만들려고 했다. 그렇게 하니 철이 너무 많이 들어갔다. 무게도 장난이 아니다. 그래서 네 날짜리 십+자 모양으로 정釘을 바꿨다. 그러니 철이 반도 들어가지 않았다.

임진년
10월 11일

　목수에게 나룻배를 크게 만들라고 했다. 바닷물 속에서 물개비를 실험하기 위해서다. 나룻배 보다 서너 배쯤 크게 만들었고 물개비를 돌릴 수 있게 네 개의 의자도 고정했다.
　문제는 물개비를 풍구처럼 돌릴 수가 없다는 것이다.
　풍구는 의자에 앉아(자전거 페달 돌리듯) 발만 돌리면 연결된 줄이 돌아가 풍구가 돌아가지만, 바다에서는 수압으로 인해 그것이 불가능했다.
　바닷물에서 물개비를 돌리기 위해서는 풍구를 돌리는 힘의 몇 배가 들어갔다. 연결된 줄은 수압으로 인해 헛바퀴만 돌며 미끄러졌다.
　그나마 다행인 것은 물개비에 손잡이를 달아 손으로 원을 그리듯 돌리니 배가 맴돌지 않고 앞으로 나갔다.

임진년
10월 12일

왜적은 진짜 바다에서의 싸움을 포기한 것인지 부산포해전 이후 싸울 기색起色이 없다. 왜국에서 지원군과 보급품이 오고 있는 것은 확실한데 야밤에 움직이는지 경상우수영에서는 아무런 기별도 없다.

임진년
10월 13일

세옥이 조반상을 들고 내 방으로 가지고 왔다. 숟가락을 들어 국물을 떠먹었다. 질임도 없고 단이도 없어서인지 국 맛이 전 같지 않다. 단이 서찰에서 나열한 것처럼 국 끓임의 순서가 틀려서일까? 하지만 새로 부엌 대장이 된 점례도 질임과 오랜 시간 같이했는데… 사람의 능력은 타고나는가 싶다.

임진년
10월 14일

새로 주조하고 있는 거북선 머리 밑에 십+자 모양의 정釘을 달고 거북선 머리를 들入락出거리게 해보았다. 원활하다. 목수나 대장공이나 간화선看話禪(일머리)을 던지면 기대 이상의 결과물을 보이므로 내가 따로 지적할 것이 없다.

임진년
10월 15일

아무리 생각하고 머리를 굴려봐도 물개비를 어떻게 돌려야 할지를 모르겠다. 단이라면 틀림없이 방법을 찾을 것이다. 물론 단이의 도움 없이 내 힘으로 해결한다면 그보다 값질 수는 없다. 하지만 지금은 전쟁 중이다. 소강상태이긴 하나 언제 어디서 전세가 뒤바뀔지는 아무도 모른다. 어차피 이제는 반 보름간에 소식을 주고받으니 단에게 서찰을 띄워도 이상할 것도 없다. 또한, 소갈증에 걸린 아이가 어찌 치료는 잘하고 있는지도 궁금하다.

스무나흘째 날
(10월 9일)

언년이 아들 석기는 쌀밥과 한과 등 단맛이 있는 음식은 일절 못 먹게 했습니다.

"그러지 않아도 아파서 다 죽어가는 애를, 죽이려는 거야!"

언년이 입에 게거품을 물고 덤볐습니다.

"살리려는 거야!"

작금의 현실에서 굶어 죽었다는 말은 들었어도 잘 먹어 죽었다는 소린 금시초문今始初聞일 테니 당연합니다.

"쌀밥이 아님 뭘 먹여!"

"보리밥."

"석기가 보리죽만 먹어서 제대로 크지도 못했어."

"이렇게 아파 누워 지낸 적이 있어?"

"비실대긴 했지만 없었어."

석기 식단은 다음과 같습니다.

보리밥, 배추 된장국, 고사리 무침(봄이었음 씀바귀, 고들빼기), 청어 말림(과메기), 돼지여무(깡장무) 등 일절 단맛이 없는 음식과 아무리 아파도 일어나 걸어야 한다고도 했습니다.

스무닷새째 날
(10월 10일)

빈 마마께서는 지난번 사달 이후 산책을 접으셨습니다. 이 녁 또한 목적을 달성했으므로 굳이 산책을 고집하지 않았습니다. 대신 방에서도 할 수 있는 운동과 혈 짚는 곳을 알려드렸습니다. 빈 마마께서는 이를 종이에 꼼꼼히 서기 했습니다.

스무엿새째 날
(10월 11일)

세자빈 마마 혈六을 짚고 있는데 세자저하께서 빈 마마 방으로 오셨습니다. 이녁이 있을 때는 오시지 않기에 세자저하께서 제게 볼일이 있어 오셨음을 직감했습니다.
"빈(세자빈) 지난 싸움 이후 왜적이 꼼짝하지 않고 있어요."
세자께서 빈 마마께 말 하듯 화두를 꺼냈습니다.
"빈 마마 금禽(날짐승)이든 수獸(길짐승)든 겁을 먹으면 같은 짓을 하지 못합니다."
이녁이 받았습니다.
"빈! 아래(부산)있는 금수禽獸들도 잡아 같이 지지고 볶아 먹어야 할 텐데… 아직 우리 군이 잡색군雜色軍(예비군)이라 사냥엔 젬병이에요."
"빈 마마! 금禽(날짐승)은 꼬챙이를 꼽아 구워야 제맛이고 수獸(길짐승)또한 창같이 긴 쇠꼬챙이에 꽂아 굴려 가며 구워야 제맛이지요. 꼬챙이에 꽂을 때는 모두 같은 곳에 꽂아 구워야 제맛이 납니다."

스무이렛 날
(10월 12일)

세자저하께서 이녁이 설명한 말을 반만 알아들으셨습니다. 서방님께 말씀드리자면 여기 모여있는 군인 대부분이 전혀 훈련돼 있지 않은 말 그대로 잡색군입니다. 이 잡색군이 군사훈련을 습득하려면 한두 달로는 턱도 없습니다. 적은 지척咫尺(매우가까이)에 있고 언제 싸움이 다시 일어날지는 아무도 모릅니다. 그래서 단시간에 적을 무찌르는 방법을 알려드린 겁니다. 일명 꼬챙이 타법!

스무여드렛 날
(10월 13일)

"꼬챙이로 적을 공격하라는 것은 알겠는데 어떻게 공격해야 할지를 모르겠네."

세자저하께서 답답하셨는지 아침상을 빈 마마께 올릴 때 이녁과 독대했습니다.

"왜적은 백병전白兵戰 때 주로 칼을 사용합니다. 반면 우리 조선군은 창을 사용합니다."

"그렇지."

세자께서 고개를 끄덕이셨습니다.

"일본 칼은 길이가 세자(약100cm)정도 됩니다. 조선 창은 길이가 일곱 자(약 210cm)정도 됩니다."

"그런가? 그걸 어찌 아는가?"

"전라좌도에서 왜적 전리품을 재보았습니다."

"이걸은 그냥 넘기는 것이 없군."

"왜적의 칼은 날의 길이가 두자(57cm)가 조금 안 됩니다. 손잡이는 한자 정도가 됩니다. 칼날과 손잡이 사이에 츠파(일본어)라는 칼 막이가 있는데 공격할 때 최대한 츠파에 가깝게 잡습니다. 이는 칼의 무게를 가볍게 잡는 방법이고 일대일 승부에서는 손잡이를 두 손으로 잡습니다. 츠파에 가까이 잡은 손 외의 손은 손잡이 끝을 가볍게 잡고 상대 어디를 어떻게 공격할 것인지 조준하는 역할을 합니다."

"장황한 설명이 우리 공격과 상관이 있나?"

"왜적은 아무리 길게 뻗어도 칼날이 두 자도 채 되지 않습니다. 거기다 키도 조선사람보다 작습니다. 반면 우리 군 창 길이는 일곱 자가 넘습니다. 키도 왜적보다 큽니다."

"당파창(삼지창의 일종)은 백병전에서 효율적이지 못해! 무겁고 날이 세 개라고."

"이 싸움에서는 창날은 필요 없습니다. 창 길이의 동그란 막대기에 꼬챙이 하나만 꼽으면 됩니다."

"꼬챙이 막대기로 총칼을 든 왜적과 싸워! 그게 말이 돼?"

"되게 해야지요."

스무아흐레째 날
(10월 14일)

우리 군의 본격적인 꼬챙이 훈련이 시작됐습니다. 왜적 모양의 허수아비를 짚으로 만들어놓고 꼬챙이 작대기로 정확하게 허수아비의 왼쪽 심장을 먹물로 표시하고 찌르는 연습입니다. 다른 훈련은 일절 하지 않고 이 연습만 합니다. 효율을 높이기 위해 포상襃賞도 합니다.

처음에는 두 손으로 허수아바 심장을 겨냥하지만, 숙달되면 오른손으로만 심장을 찌릅니다. 마지막으로 왼손으로 솥뚜껑 방패를 잡고 뛰어가 쇠꼬챙이로 허수아비의 심장을 찌릅니다. 밥 먹고 이 훈련만 시키면 눈감고도 심장을 찌를 수 있는 경지, 목무전우目無全牛(신기에 가까운 솜씨)가 됩니다.

삼십 일째 날
(10월 15일)

감영이 분주하게 움직이고 있습니다. 척후병이 정찰을 나갔다가 왜적 한 놈을 잡아 와 심문하니 부산에 있던 많은 병력이 평양으로 가기 위해 이쪽(용인성)으로 오고 있다고 합니다. 아마 명나라 개입에 대해 지원군이 아닌가 싶습니다.

서방님, 배의 동력을 움직이는데 왜 굳이 한 사람이 돌려야 하는지 모르겠습니다. 줄이 미끄러지면 귀선 그네 만들듯 미끄러지지 않게 하면 됩니다. 그리고 왜 꼭 물개비를 물속에 푹 담그고 돌리려 하시나요. 사공이 노를 저을 때 손잡이까지 물속에 넣지는 않습니다. 우물에서 두레박을 내려 물을 풀 때 두레박이 물에 깊이 잠기면 끌어올리는 힘은 배가 듭니다.

여덟

은자
銀子

임진년 10월 16일부터
12월 5일까지

임진년
10월 16일

단의 서찰을 읽다 보면 모든 게 너무 쉽다. 내가 며칠 머릴 싸매고 풀지 못한 것들을 송일성이 단의 서기를 기다리는 동안 답을 찾아 보냈다.

나는 혼자 나룻배로 가 노를 저어 바다로 나갔다. 그리고 물개비를 물에 잠길 만큼만 얕게 담갔다. 직접 의자에 올라가 발디디개를 밟아 돌렸다. 물살이 크게 일고 튕겼지만, 발에 큰 힘 들이지 않았는데도 나룻배가 쉬이 앞으로 나갔다. 참으로 단은 지혜롭다. 찬탄이 절로 난다.

임진년
10월 17일

난 물개비를 속도에 취약한 귀선에 먼저 달기로 했다. 귀선은 바람에 너무 취약하므로 시급했다. 내 대장선이 귀선을 밀다 보면 미는 내 대장선 배가 제구실을 다 할 수가 없다. 진흙으로 바람개비 틀을 짜고 쇠부리로 철을 녹여 부었다.

철이 바닥났다. 강원도에서 철광석을 가져오기 위해서는 큰 비용이 드는데 작금의 현실에서는 나라의 지원을 받을 수가 없어 자급자족해야 했다.

임진년
10월 18일

철광석이 없음으로 거북선 주조를 더는 할 수 없게 되었다. 나는 이곳 백성들에게 가마솥 뚜껑을 나무로 만들어 쓰게 하는 등 최대한 쇠붙이를 거둬들였다. 빨리 봄철이 와 청어를 잡으면 바닥난 재정이 쉽게 해결되겠지만 지금으로서는 답답할 뿐이다.

임진년
10월 19일

잠자리에 들기 전 재정의 어려움을 수기手記했다. 이는 단에게 도움을 요청한 것이나 진배없다. 단은 전라좌수영 말을 사고 은자銀子 한 개를 내놨다.

고위관직 사람에게나 있는 명나라 화폐 은자를 단이 어떻게 손에 넣었는지 모르겠다.

은자 한 개가 말값을 상회上廻해 유엽전으로 거스름돈을 치르려 했다.

단이 유엽전은 화살촉으로 사용하므로 전쟁이 끝나면 받겠다고 해 거스름돈 치르기를 미뤘다.

그때 단은 분명 '말 한 마리 살 돈이 큰돈은 아니지요.' 라고 했다. 난 그 말을 듣고 단이 더 많은 돈이 있다고 생각했었다.

임진년
10월 20일

경기감영의 승전보가 날아왔다. 세자가 전군을 지휘하고 용인 외곽에 주둔하고 있던 왜적에게 쳐들어갔다. 그런데 조총으로 무장하고 백병전에서도 월등한 왜적이 대패하고 적장도 겨우 목숨만 부지하고 부산으로 도망갔다는 것이다. 난 이 전투의 백미가 꼬챙이 타법이었다고 확신했다.

임진년
10월 21일

설렌다. 근 한 달 만에 단을 보게 됐다. 명목은 세자가 크게 이긴 것에 대한 축하방문이지만 실은 단이 보고 싶어 가는 것이다.

지금 세자 배알은 임금(선조)에게 미움받을 만한 중대사안이다. 그러나 단에 대한 그리움에 비길 바가 못 된다.

그나마 다행인 것은 원균과 이억기도 축하하러 간다고 하니 나 혼자 뻘쭘하게 가서 단을 만난 건 아니다.

물론 그들이 가지 않았다고 해도 나 혼자 축하하러 갔을 것이다. 그만큼 단이 보고 싶다.

임진년
10월 22일

경기감영이 있는 용인성에 도착하니 해가 지고 있다. 원균과 이억기는 이미 도착해있었다.

내가 도착했다는 말을 듣고 세자가 버선발로 뛰어와 반기니 황망하여 엎드려 큰절을 올렸다. 이억기와 원균은 이리 반기지 않았다 한다. 그들은 세자의 환대가 내가 낙마로 세자를 뵙지 못해서라고 생각했다. 그러나 이것은 백번 단의 활약 덕분이다.

저녁상을 원균 이억기와 함께 받았는데 시중하는 부엌데기 중 단이는 보이지 않았다. 미루어 짐작건대 이미 이곳에서 단의 위상은 부엌데기와 어울릴 신분이 아니다. 음식 맛에서 단이 느껴진다. 이 얼마나 그리웠던 맛인가.

저녁을 먹고 세자와 차를 마셨다. 그 자리에서 세자가 왜적과의 전투를 피력했다. 그 싸움 얘기를 원균 이억기와 같이 들었다.

세자가 이끄는 조선군이 왜적에게 쳐들어갔다. 왜적은 방어진을 철저히 하고 있었기 때문에 많은 조선군이 쳐들어갔음에도 전혀 위축되지 않았다.

왜적은 그동안 백병전에서 우리 조선군에게 단 한 번도 패하지 않았기 때문에 전혀 겁을 먹지 않았다.

하지만 그들은 이쪽에 단이라는 불세출의 여인이 있음을 알지 못했다.

세자의 돌격명령이 떨어졌다. 솥뚜껑 방패를 왼손에 들고 오른손에는 꼬챙이 창을 든 조선군들이 왜적을 향해 달려갔다. 적은 조총 공격으로 맞섰다. 그러나 그들의 총알은 솥뚜껑 방패를 뚫을 수가 없었다. 그러자 왜적이 칼을 들고 백병전에 돌입했다. 그러나 왜적은 꼬챙이 창길이가 칼보다 두 배는 길다는 것을 모르고 있었다. 적들이 칼을 높이 쳐들고 공격하려는 순간 꼬챙이들이 정확하게 적들의 심상을 찔렀다. 심장을 관통하면 사람은 즉사한다.

"어떻게 그렇게 정확히 적들 심장을 찌를 수가 있었던 겁니까?"

이억기가 궁금해했다.

"훈련 결과입니다. 밥 먹고 허수아비 심장 찌르기만을 훈련했죠."

세자가 답했다.

"그래도 움직이는 적의 심장을 정확히 찌르기란 불가능하지 않은가요?"

이억기가 재차 물었다.

"하하하! 나중에는 허수아비를 크게 흔들면서 심장을 찌르게 했습니다. 성공시키면 쌀 한 말을 포상한다고 하니 눈에 불을 켜고 찔러대 명중시켜 감영 군량미가 바닥났습니다."

세자가 너스레를 떨었다. 그에 나와 이억기 원균도 손뼉을 치며 같이 웃었다.

세자와의 자리를 파하고 정해진 숙소로 갔다. 방의 시설로 보아 감영 최고의 방이라 미루어 짐작했다. 이 모든 것이 단으로 인해 호강하는 것이다.

깔개(방석종류)에 앉아 보료에 기대 두리번거리는데 문이 열리고 단이 조그만 보퉁이를 들고 들어왔다. 난 들어선 단을 보고 깜짝 놀랐다. 불과 한 달 만에 보는 단이 여인이 되어있었기 때문이다.

같이 지낼 때는 단의 변화에 무감각했다. 그런데 한 달을 떨어져 있다 보니 그 변화를 느낄 수가 있다. 더군다나 단은 열다섯 한창 자랄 나이다. 그녀는 하루가 다른 것이다. 거기다 부엌의 총책임자 단이 얼마나 잘 먹었겠는가.

"서기를 주셔요. 야록 하겠습니다."

단이 보퉁이를 펼쳤다. 문방사우文房四友가 있었다.

"응? 그, 그러지."

난 가슴에 간직한 서기를 꺼내 단에게 주었다.

"먹은 내가 갈지."

단이 벼루에 자리끼 물을 부었다. 내가 먹을 들어 천천히 갈았다. 한 달 만에 만났는데 이렇게 할 말이 없는지 답답했다. 이곳에 오기 전까지 입이 닳도록 외우고 되새기던 말들이 단의 얼굴을 보는 순간 머리가 하얗게 변해 아무 생각도 나지 않았다.

"서방님! 그리 오래 먹을 갈면 글을 쓸 수가 없습니다."

"응!? 뭐라고?"

벼루에 간 먹이 마치 밀가루 풀 같았다. 단이 자리끼 물을 타 묽게 만들고 야록을 써 내려갔다.

임진년
10월 23일

기침起寢하니 단이 자리에 없다. 이부자리는 개켜 다락에 넣은듯하다. 세수를 하기 위해 밖으로 나가니 나를 보고 단이 다가왔다.

"세숫대야에 더운물을 준비하겠습니다."

"아직 더운물로 세수할 날씨는 아니잖은가?"

"환절기에는 스치는 바람도 피하는 것이 좋습니다."

단이 내 숙환宿患을 잘 알기에 하는 말이다. 내일은 전라좌수영으로 돌아가야 하는데 단이 딱히 나와 말을 섞으려 하지 않는다.

내 서기에서 전라좌도의 재정을 충분히 피력했음에도 말이 없는 것은 은자를 내놓을 수 없다는 뜻을 충분히 내포하고 있다.

그러나 물개비 동력에는 조선의 운명이 달려있다.

"이녁! 내 서기를 야록에 옮겨썼으니 알겠지만, 전라좌도

재정이 바닥이야 해서 하는 말인데…"

"그래서 예(경기감영) 오신 것이지요?"

"그, 그렇지."

난 차마 단이 보고 싶어 왔다는 말을 하지 못했다.

"은자는 어디 있나? 부피도 있고 잃어버릴 위험도 있는데 설마 갖고 다니는 것은 아니지?"

"은자는 그것 하나뿐이었습니다."

단은 자기 의사를 확실히 밝혔다. 하기야 그녀 집안 내력으로 볼 때 좁쌀 한 톨인 듯 이 나라를 위해 내놓고 싶겠는가?

임진년
10월 24일

 해지기 전에 전라좌수영에 도착하기 위해서는 아침 일찍 서둘러야 했다. 해도 뜨기 전에 아침밥을 먹고 말에 올랐다. 내가 인솔하고 왔던 모든 군관은 다 말을 타고 왔기에 해지기 전에 전라좌수영에 도착할 것이다.

"서방님!"
 용인성 문 앞까지 따라 나온 단이 내게 보퉁이를 건넸다.
"아! 야록인가?"
 난 별생각 없이 보퉁이를 건네받아 말안장 뒤턱 구멍에 단단이 묶었다.
 단을 뒤로하고 한참을 와서 돌아보았는데 단은 혼자 남아 가는 내 모습을 바라보고 있다.
 난 손가락만큼 작아진 단의 모습을 보며 두 밤을 같이 지낸 짧은 만남 동안 할 말이, 숨긴 은자를 내놓으라는 말밖에 없었음을 개탄慨嘆했다.

작은 언덕을 넘자 더 이상 단이 보이지 않았다. 난 말 걸음을 재촉했다. 말이 뛰기 시작하자, 안장에 묶은 보퉁이에서 뭔가 작은 부딪침소리가 들린다. 야록을 한 종이뿐인데 의아했다.

전라도 땅에 들어서니 점심때가 되었다. 개울가에 말을 세우고 물을 먹이고 풀을 뜯게 했다. 군관들은 경기감영에서 싸준 점심밥을 풀었다.

점심밥을 먹고 물을 마시는데 풀을 뜯고 있는 말이 눈에 들어왔다. 단에게 넘겨받은 보퉁이에서 들린 소리가 궁금해 말에 다가가 보퉁이 매듭을 풀었다. 안에 수기한 종이 외 복주머니가 있었다. 복주머니를 열어보니 안에 십여 개의 금가락지가 들어있었다.

임진년
10월 25일

서방님께서 은자에 대해서만 물으니 없다고 했습니다. 하지만 금가락지 한 개가 은자 열 개 가치가 있고 휴대하기도 쉽습니다. 이녁 생각으로는 서방님께서도 목적을 이루기 위해서는 이같이 변수를 항상 생각하심이 좋을듯합니다.

단이 복주머니와 같이 남긴 서찰 내용이다.

난 은자의 가치가 크므로 그보다 더 큰 가치의 금을 단이 갖고 있으리란 생각 자체를 하지 않았다.
난 단이가 되어야 했다. 단은 언제나 내게 그렇게 말했다. 왜적을 알기 위해서는 왜적이 되어야 한다고. 단은 원균의 화조풍월花鳥風月이 내가 왜적과 싸워 어울리는 풍류風流 같다고도 했다. 난 적과 싸움에서 이기고자 힘쓰지 않았고 그들과 어우러져 질펀하게 놀았다. 놀다 보면 이겼다. 단이 그동안 수없이 피력했음에도 난 자꾸 잊는다. 난 바보임이 틀림없다.

임진년
10월 26일

단에게 받은 금가락지로 전라좌도의 어려운 재정을 해결했다. 철광석 수급이 원활해졌다.

귀선 배 끄트머리 노를 거두고 두 개의 물개비를 달고 배 안에 기둥을 세우고 구멍을 내 연결 대를 고정했다. 연결 대에는 동그란 쇠뭉치를 달아 대가 빠져나가지 못하게 했다. 이는 물개비를 잘 돌게 하는 장치이기도하다.

귀선이 컸음으로 물개비 역시 그 크기가 엄청났다.

장정 허벅지 굵기의 연결 대 두 개에 네 개씩 홈을 팠다. 밧줄을 걸고 줄이 빠져나오지 못하게 요凹 모양의 못을 박았다. 열을 방지하기 위해 밧줄을 건 홈에 물이 한 방울씩 떨어지는 장치도 했다. 물방울은 자체에 끈기가 있어 줄의 미끄럼도 방지한다. 열이 받는 모든 곳에 물방울이 떨어지는 장치를 하는 것도 잊지 않았다.

임진년
10월 27일

귀선의 청동 용머리 밑에 십자+ 정釘도 달았다. 귀선의 용머리가 배 안으로 들어가면 정釘만 남는다.

나는 귀선의 물개비와 정을 새롭게 단 귀선을 바다에 띄우고 수군들과 같이 탔다. 귀선이 바다로 들어가자 노꾼들은 가만 있게 하고 물개비에 발꾼 네 명씩 마주 보고 고정된 의자에 앉았다.

"징징징징"

징을 치자 의자에 앉은 발꾼(발노꾼)들이 일제히 발디디개를 돌렸다. 징 소리는 발꾼들에게 발디디개를 돌리라는 신호로 미리 정했다.

발꾼들이 구령에 맞춰(하느아~둘~)발디디개를 밟아 돌리자 귀선이 앞으로 나가기 시작했다. 느리지 않은 속도였다.

"둥둥둥둥"

나는 노꾼에게 노를 저으라는 북을 치게 했다.

"아, 빠르다!"

물개비에 노를 합세하니 그 속도가 거북선보다도 빨랐다. 내친김에 용머리를 배 안으로 숨기고 잡아 온 왜놈 배 옆구리를 십+자 정釘으로 치받았다. 귀선 안에 있는 군졸이 날아갈 만큼 큰 충격이었다. 그런데 귀선 안이 파손된 곳이 없다. 노와 물개비를 반대로 돌리자 치받았던 귀선의 십+자 정釘이 쉽게 빠졌다. 대성공이다.

임진년
10월 28일

새로 만드는 모든 거북선에 물개비를 달게 했다. 전면에는 십+자 정釘도 달았다. 공격할 정釘이 있으므로 굳이 만들기 힘든 쇳덩이 거북 머리를 달 필요는 없다. 하지만 황동은 비싼 값을 주고 명에서 수입해야 하므로 그냥 쇠로 만든 거북이 머리를 달아야만 했다. 대장공들에게 미안했다.

임진년 10월 29일부터
임진년 11월 30까지
(약 한 달간 요약)

지난 한 달간 별다른 변화가 없다. 난 거북선 주조에 총력을 기울였고 왜적도 특별한 기척이 없다. 단에게도 금반지를 빌린 미안함 때문에 야록 수기를 위해 한 번의 연락만을 주고받았다. 세자가 있는 경기감영에도 왜적과 몇 번의 작은 싸움만 있었을 뿐 별다른 변화는 없다고 단이 수기에 적었다.

임진년
12월 1일

　오늘 명의 오만(4만3천) 병사가 조선으로 향했다는 소식이 전해졌다. 본격적인 평양성 탈환에 대한 명의 의지라 했다. 명은 지난번 평양성 전투에서 패한 것에 대해 큰 충격을 받았다. 물론 그때는 삼천(3000~5000)밖에 안 되는 작은 군사였지만 그래도 대국 명나라가 작은 왜국에 패한 것은 큰 충격이었다. 명나라 군대가 참전했다는 것만으로 왜놈들은 도망가거나 항복할 것이라는 착각에 빠져있었다.

임진년
12월 2일

동헌에서 점심을 먹고 있는데 경상우수영 군관 권두수權斗
壽가 와서 말하길 부산 앞바다 왜적의 배 움직임이 심상치 않
음을 알렸다. 전 같으면 허정이 와 알렸을 것이다. 하지만 허
정은 내게 곤장 서른 대를 맞고 난 이후 단 한 번도 얼굴을 본
적이 없다.

임진년
12월 3일

난 척후부장 이억태를 부산으로 보내 적의 동태를 파악하게 했다. 탐색하고 돌아온 이억태가 말하길 왜적의 배가 부산포 싸움 때만큼 많이 있긴 한데 빈 배인지 사람은 눈에 띄지 않았다고 했다.

임진년
12월 4일

난 직접 새로 주조한 거북선의 성능도 실험할 겸 해서 내일 직접 부산을 가봐야겠다고 생각했다. 그런데 해 질 녘에 경기 감영에서 군관 김이金彝가 와서 말하길 갑자기 부산에서 온 많은 왜적이 용인성 지척에서 진을 치고 있다고 했다.

임진년
12월 5일

아침 일찍 이억태를 전라우수영으로 보내 이억기를 불렀다. 점심을 먹고 있는데 이억기가 와서 같이 점심을 먹으며 담화했다.

밥을먹고 사안이 중대함으로 이억기와 함께 경상우수영으로 갔다.

"원수사님 아무래도 부산의 왜적들이 경기감영으로 간 것 같습니다."

"그래서요?"

원균이 심드렁하게 되물었다.

"그래서라니요? 세자저하가 위험할 수도 있으니 가서 도와야지요."

이억기가 말했다.

"경상우수영을 비워두란 말이오?"

이억기가 박팽률에게 큰소리친 후 원균은 이억기에게 존대했다.

"어차피 왜 수군도 별 움직임이 없으니 경기감영을 도웁시다."

"좌수사(이순신)가 부산을 어찌 압니까?"

"어제 탐색선을 띄워 알아봤습니다."

"기별도 없이 내 관할권에 탐색선을 띄웠다고요?"

"적 동태를 파악하는데 무슨 기별을 합니까?"

"아무튼, 난 못갑니다. 아시다시피 이곳 수군도 모자라요."

"모자란 건 수군이 아니라 배 아닙니까!"

어차피 원균이 갈 것이라는 기대도 하지 않았다. 하지만 말도 없이 그냥 갔다가 나중에 잡힐 트집 방어에 대한 언질이다. 지난 부산포 출정과 같은 이치다.

아홉 고슴도치

임진년 12월 6일부터
12월 13일까지

임진년
12월 6일

경기감영에서 권관 김이金彝가 다시 와서 말하길 평양에서 유격장군 심유경이 평양성에 가 고니시 유키나가와 협상 중이라고 했다. 고니시 유키나가는 심유경과 담화 중 명나라의 군사가 오고 있음을 눈치채고 부산에 구원군을 요청했다.

그래서 부산에 상주하고 있던 왜적의 상당수가 평양성의 고니시 유키나가를 돕기 위해 움직여 경기감영에서 대치 중인 것이다

임진년
12월 7일

김이金弚 말이 잘 이해가 가지 않는다. 부산포 패전 이후 전의를 상실한 왜적이다. 그런데 군사 상당수가 평양으로 향했다? 그만큼 부산은 취약하다!

나와는 싸움도 하지 말라고 한 일왕豐臣秀吉(도요토미 히데요시)이다.

부산을 포기한다는 뜻인가?

여긴 뭔가 함정이 있다고 이억기가 말했다.

나도 같은 생각이다. 하지만 부산 왜적이 움직여 경기감영에서 세자와 대치 중인 것도 사실이다.

임진년
12월 8일

정확한 사정을 알아보기 위해 새벽같이 송일성을 경기감영으로 보냈다. 경기감영은 부산에 주둔하고 있던 왜적과 대치 중인 것만으로도 충분히 위험하다.

경기감영이 위험하다는 것은 단이 그 위험 속에 같이 있다는 뜻이다.

저녁에 송일성이 말하길 왜적이 평양으로 가는 길만 터주면 그냥 곱게 지나가겠다 했다고 한다. 세자는 이를 한마디로 거절했다.

미친놈들 아닌가? 평양에는 지금 임금님이 계신다. 아버지가 위험에 처하는데 길을 터주는 아들은 세상천지 어디에도 없다. 그러므로 용인성 싸움은 언제 붙어도 할 말이 없는 일촉즉발―觸卽發의 상황이다.

임진년
12월 9일

난 단의 생각이 궁금했다. 다시 새벽같이 부관 나대관을 경기감영으로 보냈다. 송일성은 어제 경기감영을 왕복했기에 초주검 상태였다.

나대관은 어두워서야 돌아왔다. 늦은 이유가 부산에서 올라간 왜적을 피해 돌아왔기 때문이라 했다.

참으로 오랜만에 나대관을 통해 서방님 서찰을 받으니 안심이 됩니다. 이녁은 혹여 서방님께서 제 금반지를 떼먹기 위해 연락을 끊은 것인지 노심초사勞心焦思하였습니다.

"하하하하."

비록 서찰이었지만 단의 농에 나는 포복절도抱腹絶倒했다. 그동안 품고 있던 걱정근심이 이 한 구절로 다 날아갔다.

대치하고 있는 왜적의 수가 지난번 싸움의 배가 넘습니다. 이녁이 겨울 산(광교산)에 올라 가 직접 확인한 것이므로 한치(3.03cm)의 보탬도 없습니다.

물론 솥뚜껑 방패와 치마진, 각개전, 꼬챙이 타법이면 충분히 적과 싸워 이길 수 있습니다. 하지만 이곳은 바다가 아니므로 아군도 큰 피해를 각오해야 합니다.

  왜적과 첫 싸움은 꼬챙이 타법으로 공격하고 치마진으로 밀어붙임이 좋을듯한데 적의 수가 너무 많으므로 우리 군은 적을 피해 후방에 매복할 수가 없습니다. 치마진이 불가능하다는 뜻이지요. 혹여 서방님이 후방을 맡아 도와준다면 치마진은 성공입니다. 만일 오시게 되면 십리 밖에서부터 동쪽으로 이동해야 광교산 중턱으로 오시므로 왜적 동태를 파악하기 쉽습니다.

임진년
12월 10일

  난 전라좌수영을 수군만호 이순신(이순신 동명이인)에게 맡기고 나대관 송일성과 지휘 군관 다섯, 수군 천명을 이끌고 경기감영으로 향했다. 수군도 육지에서 싸우면 육지군이다. 지휘 군관 한 명이 이백 명을 지휘한다. 지휘 군관은 말을 타지만 수군은 걸어야 하므로 경기감영이 있는 용인성까지는 이틀이 걸린다.

임진년
12월 11일

아직 어둠도 채 가시지 않았는데 밖이 소란스러웠다. 어차피 옷을 입고 잤기 때문에 따로 의복을 챙길 필요도 없다. 폐가에서 잤기 때문에 문도 없다.

"무슨 일이냐?"

"이년이 쌀을 훔쳐 가는 것을 우리가 잡았습니다."

지휘 군관이 가리키는 곳에 피골이 상접한 여인이 쌀을 담은듯한 보퉁이를 가슴에 움켜쥐고 놓질 않는다.

"쌀만 두고 가면 용서해주려고 했는데 쌀 보퉁이를 놓지 않습니다."

"나으리 아이들이 한 달간 풀뿌리만 먹었습니다. 이제 추워서 캐 먹을 풀뿌리도 없습니다. 쇤네는 죽어도 좋으니 아이들만 살려주셔요."

"네, 이년!"

"악!"

여인이 나를 향해 기어오는데 군관이 욕을 하며 여인을 걷

어찼다.

"억!"

내가 군관의 얼굴을 주먹으로 쳐 군관이 비명을 지르며 나가떨어졌다.

"괜찮소? 다친 곳은 없소?"

여인을 부축했다.

"이, 쌀만, 쌀만 주셔요."

애절하다.

"아이들은 어디 있소? 같이 갑시다."

얼굴을 정통으로 맞은 군관이 흐르는 코피를 팔등으로 닦으며 억울한 표정이다.

열 살도 안 된 사내아이 둘에 계집아이 하나가 추수를 끝낸 볏짚 안에 있었다. 원래는 내가 자고 일어난 폐가에 있었는데 우리가 오는 것을 보고 피해 이곳으로 도망 온 것이다.

여인은 우리 병사가 밥을 짓는 것을 보고 쌀이 어디 있는지 알았다. 그리고 훔쳤다. 난 병사들에게 서둘러 밥을 짓게 했다.

"오랫동안 먹지 못한 사람들에게는 절대 밥을 먹여선 안 됩니다."

단이 말했었다.

"그 건 또 왜?"

"오랫동안 굶은 사람들이 살가죽과 뼈가 맞붙은 것처럼 뱃속 내장도 맞붙어 밥을 먹이면 죽습니다."

"그럼 뭘 먹여?"

"처음에는 숭늉, 탈이 없이 잘 넘기면 미음, 죽, 마지막이 밥입니다."

난 여인에게 이 순서를 신신당부했다.

여인이 우리에게 도움받는 것을 보고, 숨었던 마을 사람들이 몰려왔다.

난 우리가 가지고 있던 모든 식량을 골고루 나눠줬다.

우리 조선군도 일본군과 똑같이 백성들을 약탈했다. 다른 것이 있다면 죽이고 코만 베어 가지 않았다.

임진년
12월 12일

미시未時(15시)에 용인성 옆 광교산 언덕 왜적 영지領地 지척咫尺에 자리 잡았다.

어제 모든 식량을 나눠주어 당장 저녁 지을 식량도 없다.

안전한 길을 알고 있는 송일성이 나대관과 부하들을 데리고 경기감영에 가서 식량을 얻어왔다. 연기가 나면 우리 군 매복이 들통나므로 날이 어둡기를 기다렸다가 밥을 해 먹었다.

임진년
12월 13일

"이수사님! 이수사님!"

잠결인데 나를 찾는 소리가 선명하다.

"누구냐? 나 여기다."

내가 머리까지 덮었던 홑이불을 걷고 일어났다.

"불편하신 곳은 없으십니까?"

야野(들에서 잠) 취침이었으므로 송일성이 인사치레를 했다.

"무슨 일이야?"

내가 대충 홑이불을 개켰다.

"왜적의 동향이 심상치가 않습니다."

난 송일성을 따라 왜적 영지領地가 비교적 잘 보이는 곳으로 갔다.

"뭐야! 다 어디 간 거야?"

어제 도착했을 때만 해도 적군으로 꽉 찼던 적의 영지領地가 텅 비어있다.

"모두 용인성으로 간 것 같습니다."

"오늘 총공격을 할 요량이었으면 어제부터 준비해야 하지 않았을까."

"아무래도 봉화 때문인 것 같습니다."

"봉화?!"

송일성이 검지로 가리킨 먼 산꼭대기에 연기가 피어오르고 있다. 그런데 연기가 끊어졌다 피어오르길 반복했다. 우리 조선은 이런 식 봉화 신호가 없다. 이는 적의 총공격 신호다. 지금 경기감영과 부산에서 올라온 왜적이 맞붙은 것이다.

"그런데 저기 가마니를 씌워놓은 것은 뭘까요?"

"배치된 모양은 대포 형식인데…. 왜적이 부산에서 대포도 옮겨왔나?"

"그러게요, 스무 개도 넘어 보입니다."

"전투준비! 전투준비!"

"이수사님 갑자기 왜?"

"바보 같은 놈! 왜적은 우리 조선군을 포 사정권으로 끌어들여 공격하려는 거다."

"우린 아직 아침밥도 먹기 전입니다."

"아침밥 대신 제삿밥을 먹고 싶어!"

난 치마진의 백미 매복진을 펼쳤다. 양옆으로 각 사백 명, 뒷면 이백 명, 매복하고 활을 준비했다. 그때 적의 포병이 일제히 뛰어 들어와 포를 싼 가마니를 젖혔다. 포 옆에 숯불 화로도 있었다. 달려오고 있는 솥뚜껑 방패와 꼬챙이 창을 든 조선군이 사정거리 안으로 들어왔다.

왜적이 포 심지에 불을 붙이기 위해 화로에서 불붙은 장작을 일제히 꺼냈다.

"활!"

내 구령이 더 빨랐다.

"활!"

재창이 메아리치듯 흐르며 화살이 활시위를 일제히 벗어나 허공을 갈랐다.

포에 불을 붙이려던 왜적 포병들이 우리 화살 공격을 받고 모두 고슴도치가 되어 전멸했다.

(제2권 끝)

두 번째 감수의 글

　충무공 이순신이 군중에서 7년간 쓴 난중일기는 임진왜란이 발발하기 3개월 전인 1592년(선조 25년) 정월 초하루부터 전사하기 이틀 전인 1598년(선조 31년) 11월 17일까지 2,539일간 기록한 일기이다.
　자필 초고본에는 난중일기가 아니라 당 해 년도의 이름을 붙인 임진일기, 을미일기 등의 제목이었다.
　난중일기는 이순신 사후 200년이 지나고 조선 제22대 정조 왕 때 어명으로 윤행임 등이 이충무공전서 李忠武公全書를 편찬하며 5~8권에 초고본을 실으면서 붙인 이름이다.

　난중일기에는 일지답게 간략한 요점으로 적혀 있다.
　진중의 군정내용 등이 기재되어 있고 멀리 떨어진 본가의 어머니와 자식들 아내를 향한 걱정과 그리움이 있다.

어린시절부터 친구이며 후견인이였던 서애 류성룡에 대한 염려, 원균에 대한 비판, 등 사사로운 생각들과 별 일 없었던 날에는 그냥 날씨만 기재되어 있기도 하다.

역사의 기록문서들 중에는 정사正史보다 야野사나 패稗사에서 더 사실과 진실을 발견하게 되는 사례도 있다.
또한 야사에서만 볼 수 있는 내밀한 이야기들이 더 재미있고 많은 상상력을 불러오기도 한다.

이 소설 난중야록은 난중일기의 날짜별 기록이 토대로 밤夜에 쓰는 일기 형식으로 진행되었다.
영웅 이순신의 상대 여주인공 단이의 그림자 내조와 조력을 통해 이순신의 인간적인 면과 삶의 고뇌와 숨결을 느낄 수 있다.

이순신의 난중일기에는 단이의 이야기는 없다.
우리가 몰랐던, 알 수 없었던 당시의 이순신의 삶과 열악한 군영의 환경 속에 발생하는 일상의 사건들을 경험과 학식 없이 풀어갈 수 없는 문제들을 열다섯 살의 단이는 척척 해결한다.

그런 단이에게는 어머니 질임이 있었다.

관비였던 질임 또한 탁월한 지知와 예禮와 분별력을 지닌 조선의 당대 대표적 여인이었다.

단이의 그 초감각적인 지혜와 충절의 원천은 어머니로부터 보고 들으며 운명적으로 전이 된 것임을 알 수 있다.

이순신을 향한 단이의 절제되고 애잔하며 충성스러운 활략은 놀라울 정도의 매력과 긴장감을 들게 만든다.

임란의 군영속에서 벌어지는 타래를 한 올 한 올 풀어나가는 단과 이순신의 이야기가 서투름 없는 치밀함으로 펼쳐지고 있다.

감수인 안철주